「あー……メルフィエラ。初対面で言うのもなんだが」

「は、はい。申し訳ありません。お恥ずかしい話を」

「恥ずかしい？　よくわからんが、その、なんだ」

言葉を選んでいるのか少し言い淀んだ公爵様が、チラリと私を見下ろしてくる。

「こ、今度、その魔物を、私も食べてみたいのだが」

アリスティード・ロジェ・ド・ガルブレイス
ガルブレイス公爵。「狂血公爵」と呼ばれる。

メルフィエラ・マーシャルレイド
マーシャルレイド伯爵令嬢。「悪食令嬢」と陰で呼ばれている。

「メルフィエラ、手紙は読んだか？
お前に妻問いをしに来たぞ！
もちろん、約束の土産もある！」
公爵様の灰色の髪が、
陽の光に反射して銀色に輝いている。
相変わらず鋭い琥珀色の目が、
私を見て金色に燃え上がり、
優しく孤を描いた。

真紅の外套を
はためかせた
ガルブレイス公爵様は、
どうやら本気で
私に婚約を申し込みに
来られたようだ。

それぞれ食べる前の
祈りの言葉を口にして、
我先にと串肉に
かじりつく。
思わず「美味い！」と
声を漏らす者、
何も言わずにひたすら食べる者、
味わいながら食べる者。
ひと口かじった公爵様が、
目を輝かせる。
「メルフィエラ、
お前は天才だな！」
「そんな、公爵様。
母の研究のおかげです」
「謙遜するな。
正直、私は魔獣がこんなに
美味いものだとは思っていなかったのだ。
下処理とやらをせずに、
今まで散々な目に遭ってきたからな」

悪食令嬢と狂血公爵

～その魔物、私が美味しくいただきます！～

星彼方

イラスト　ペペロン

第一章
悪食令嬢、血も滴るいい男と出逢う

それは一瞬の出来事だった。

なめらかな白い頬に、生温かい飛沫《しぶき》が降りかかる。ゆっくりと滑り落ちるそれを指で拭えば、薄紅色の艶やかな爪が赤く染まった。

（これは、血？）

その正体を認識すると共に、むせ返るような生臭い臭いが漂ってくる。

頭部を失った魔獣の巨体からは血が噴き上がり、無造作に転がった首が恨めしげに虚空を見つめていた。

「はっ……他愛もない」

血溜《ちだ》まりの中、どうと倒れた肉塊を顧みることなく悠然と立つ男が一人。全身に返り血を浴びてなお不敵に笑うその男は、血の滴る剣をひと振りすると、怯《おび》える人々を睥睨《へいげい》した。

その途端、恐怖のあまり金切り声を上げて卒倒する貴婦人が続出し、かろうじて叫び声を飲み込んだ者たちは、真っ青な顔で視線を逸《そ》らす。

「……き、狂血公爵《きょうけつこうしゃく》だ」

誰かの呟《つぶや》きが聞こえ、群衆が騒《ざわ》めきに包まれた。

私はぼんやりと顔を上げ、鞘《さや》に剣を収める男を見る。すると、地面にぺたりと座り込む私に、魔力を帯びて煌々《こうこう》と輝く男の金眼が止まった。

◇　◇　◇

秋晴れのこの日、ラングディアス王国では豊穣《ほうじょう》を祝う遊宴会が催されていた。伯爵家の娘である私も、ある理由から出席していたのだけれど。

国王陛下以下、国中の貴族たちが出席する国の祭事ということもあり、会場のパライヴァン森林公園は、物々しい警備態勢が敷かれていたはずであった。騎士たちがそこかしこを闊歩《かっぽ》していたのでそれは間違いない。

しかしそこに突然、狂化した魔獣が乱入してきたものだから、会場内は騎士たちの怒号と逃げ惑う貴族たちの悲鳴で地獄絵図と化してしまったのだ。

魔獣という言葉を聞いて怯えた群衆が、誘導する騎士の元へ我先にと移動して行った。私も同じ

ようについて行っていたけれど、その途中で、群衆に押しやられて取り残されてしまった老夫婦を見つけた。杖《つえ》が折れてしまい、足が悪い老紳士は動くことができないようだ。老夫人が人々を呼び止めようとしても、誰一人として手を貸そうとしない。

たまらず方向転換をした私は、群衆の流れに逆らって駆け寄ると、「一緒に逃げましょう」と声をかけて老夫婦に手を差し伸べた。でもその瞬間、背後から空気を震わせるほどの咆哮《ほうこう》が聞こえてきて、私はぎくりとして身体をこわばらせた。

老夫婦が、ヒッと息を飲んで私の背後を凝視する。嫌な予感に背中に冷や汗が流れ落ちたけれど、私は振り返ると両手を広げて老夫婦を庇《かば》う姿勢を取る。

(そんな、バックホーンだなんて⁉)

そこにいたのは、禍々《まがまが》しい魔力をまとった大型の魔獣、バックホーンだった。

バックホーンは太い前脚で地面を抉《えぐ》り、鼻息も荒く濁った眼で私を捉えている。正確には、風にヒラヒラと舞う私の薄紅色のドレスの裾を凝視しているようだ。わざわざ遊宴会のために見繕った晴れ着が、魔獣の格好の標的となってしまったことは言うまでもない。

私は声も出せずに震えている老夫婦を横目で確認して、ぐっと歯を噛《か》み締めた。

(なんとか別の場所に移動させないと)

囮《おとり》になることを決意した私がその一歩を踏み出し、そしてあわや魔獣の餌食となるはずだったその瞬間、私は血の雨を浴びることになってしまったというわけだ……ただし、自分の血ではなく、魔獣の血を。

◇　◇　◇

ゆっくりと歩み寄ってきた男が、手を差し伸べるわけでもなく、ただ私を睨《ね》めつける。

「どうした、私が怖いか？」

狂化した魔獣を目にも留まらぬ一閃《いっせん》で屠《ほふ》った男だ。怖いか怖くないかと言われたら、怖い部類に入るのだろう。全身に血を浴びていて、長い前髪や結われた後ろ髪の先から血が滴り落ちていく。

しかし血塗《ちまみ》れになってすら損われることのない美貌故か、男からはあまり怖さは感じられなかった。むしろこの姿こそが、男の本来あるべき姿であるような錯覚に陥ってしまいそうだ。魔獣とやり合った直後なので、顔が凶悪なのは否めないけれど。

「いいえ、ガルブレイス公爵様。ご健勝のご様子にて何よりでございます」

私は腰を落として淑女の礼をする。

「くくっ。状況を理解できていないのか。怪我《けが》はないな」

「はい、大丈夫です」

血塗れの男――ガルブレイス公爵様が、私を値踏みするように金眼を細めた。顔や色が抜けたような灰色の髪はバックホーンの返り血を被《かぶ》って斑模様に赤く染まっているというのに、少しも気にしている様子は窺えない。

なるほど『狂血公爵』とは、ここからきているのだろう。

世間に疎い私ですら知っている噂《うわさ》だ。血を好み、常に血臭《けっしゅう》を求めて魔獣を屠《ほふ》る変わり者。残虐非道の血に狂ったガルブレイス公爵。

その公爵様の、端正ながらも悪鬼のような顔を滴り落ちた血が、歪《ゆが》められた口端に入っていく。

(あっ、それは少しばかり駄目なやつです!)

気になって気になって仕方がなくなった私は、思わず口を開いてしまった。

「公爵様」

「なんだ」

私を捉える公爵様の金眼が、宝石よりも美しく輝いた。

「その、そ、そこのバックホーン種は狂化の傾向が顕著ですので、血が完全に魔毒におかされている恐れがあります。お口を濯《すす》がれた方が賢明かと」

「は?」

公爵様が、あっけに取られたように目を丸くする。

「生き血は新鮮ですが、魔毒を含む血を飲むと、発熱や激しい腹痛に見舞われてしまいます。狂化していなければ血の腸詰めにもできたのですが、残念です。魔毒は厄介ですから。でも見たところ、比較的若い個体なので身は柔らかそうですね。残留魔力を抜き出して、二週間ほど低温熟成させたうえでじっくりと毒素を抜き、十分加熱して食せばいけないことはないとは思いますが……」

バックホーンは大型の四つ脚蹄《ひづめ》の魔獣だ。頭から背中にかけて生えている角の数でだいたいの年齢が判別できる。気性が荒く、仕留めるには熟練の猟師が三、四人は必要だというのに、公爵様はたった一人で仕留めてしまった。しかも綺麗《きれい》に首が落とされているので、血抜きまで完璧だ。

（惜しい、非常に惜しい。これで狂化さえしていなければ、手間をかけることなく美味《おい》しくいただけるのに）

ひとりあれこれ考えていると、公爵様が近寄ってきた。

公爵様の服は黒くて遠目ではわからなかったけれど、その上衣が大量の血を含んで濡《ぬ》れていた。魔毒におかされた血は、肌からも吸収されるのだろうか。もしそうであれば、早急にお召し替えをしていただかなければ、と私はぼんやりと考える。

「……お前、名はなんと」

名を問われ、私はまだ礼すら述べていないことに気づいた。公爵様の御前で失礼なことをしてしまった。

急いで居住まいをただした私は、魔獣の血が飛び散ったドレスの裾を摘まむと、先ほどの淑女の礼よりもさらに深々と腰を落として最上級の礼の姿勢を取る。

「大変失礼いたしました。私はマーシャルレイド伯爵が娘、メルフィエラにございます。ガルブレイス公爵様、此度《こたび》は助けていただきありがとうございました」

「ほう、お前がマーシャルレイド伯の娘か」

「はい」

「魔獣に詳しいのか？」

そう聞かれ、私ははたと考えた。

確かに魔獣に詳しいのかもしれない。しかしそれは、私のある趣味の副産物だ。追究するあまり、魔獣の生態に詳しくなったというべきか。私は、魔獣はもとより、魚、植物、爬虫類《はちゅうるい》、昆虫、さらには菌糸類と、食せる可能性を秘めたありとあらゆるものに興味があるだけなのだから。

そう、私の趣味というのは——

「私は魔獣というよりは、食物に興味があるのです」

淀《よど》みなく答えた私のことを、どのようにお感じになられたのか。公爵様が目をわずかに見開いた。

「食物、だと？　お前にはこの魔獣が食物に見えるというのか」

「はい、もちろんです。食べるからには、美味しくいただきたいですから！」

私が勢い込んで説明すると、公爵様は、これでもかというくらいに驚愕《きょうがく》したような顔になった。

そういった反応にはもう慣れている私は、とりあえず微笑《ほほえ》んでみる。すると今度は、公爵様が片手で顔を覆ってしまった。しばらくして指の隙間から私をチラリと見てきたので、もう一度微笑んでみる。公爵様は何故《なぜ》か、「うっ」と小さく声を漏らした。もしかしたら、バックホーンの血が口の中に入ってしまったのかもしれない。革手袋もたっぷりと血を吸い込んでいるので、その顔が違う意味で真っ赤になっている。

「な、なるほど、悪食令嬢とは言い得て妙だが、やはり噂は当てにならぬものだ。メルフィエラと言ったか」

「は、はい、公爵様」

まさか名前を呼ばれるとは思わず、私は緊張して背筋を伸ばした。

悪食《あくじき》なのは自覚があるので否定できない。それに、社交界では自分が『悪食令嬢』と呼ばれていることも知っていた。でも、公爵様から改めて言われると悲しいものがある。

（取るに足らない令嬢の悪食の噂が、公爵様のお耳にまで届くなんて）

社交界とはそんなに暇なところなのだろうか。かくいう私も、『狂血公爵』の噂を聞いたことがある。まあ、私と公爵様では、知名度的にも天と地ほども違うと思うのだけれど。

「お前の名、覚えておこう」

「あ、ありがとうございます」

公爵様に名前を覚えていただけるなんて、貴族としてなんの取り柄もない私にとって光栄の至りだ。とっさにお礼を述べた私に向かって、公爵様が鷹揚《おうよう》に頷《うなず》いた。と思ったら、こちらをチラチラ見ている貴族騎士たちを振り返る。

「そこの騎士、何をしている！　この場所を封鎖しろ……ああ、待て。先に浄化水を持て」

公爵様は私をもう一度見ると、慌てて集まってきた騎士たちにあれこれと指示を始め、その場から立ち去ってしまった。

まるで夢でも見ていたかのような一連の出来事だったけれど、私の目の前には首のないバックホーンが横たわっている。

私もようやく自分の惨状を思い出してドレスを確認した。薄紅色のドレスが、返り血で赤い水玉模様になってしまっている。ただの血ではなく魔毒におかされた血なので、放置するわけにはいかない。

(早いところ、お暇《いとま》しなくては)

私はこの会場のどこかにいるだろう付添人を探すため、騒めく群衆に目を凝らした。

取り残されていたあの老夫婦はどうやら無事だったようだ。騎士に付き添われて引きあげていく後ろ姿を確認した私は、ホッと胸を撫《な》で下ろした。他にも同じように逃げ遅れた人たちを、騎士たちが別の場所へと誘導している。

(この場所は封鎖されるみたいね)

私も皆について行こうと一歩踏み出そうとして――

「おい、どこへ行く」

いきなり腕を摑《つか》まれ引き止められた。

振り向くと、今しがた立ち去ったはずのガルブレイス公爵様がいる。まだ何か、私に聞きたいことてもおありなのだろうか。

「公爵様？　あの、私、付添人を探しに」

「その姿で、か。私はまだいいが、仮にもお前は伯爵家の令嬢だろう」

「大丈夫です。これくらいの汚れなら気合を入れて洗えば落ちます！」

「そうではなくてだな……まあいい、先《ま》ずはこれを飲め」

そう言うと、私の腕を摑んだままの公爵様が、何かの液体が入った小瓶を差し出してきた。

「浄化水だ」

「そこまでのお気遣いは」

「魔毒は厄介なのだろう？　流石《さすが》のあくじき……お前も口にはしていないだろうが、飲んでおけ」

「……ありがとうございます」

見たところ、この場所で魔獣の血を浴びてしまったのは、公爵様の他は私だけのようで。私は素直に瓶を受け取って一気に飲み干す。その様子を見ていた公爵様が、血がこびりついた顔で満足そうに頷いた。

「気分は悪くないか？　頭痛は？」

「特に今のところは何もありません」

「ならばついて来い」

公爵様がついて来いというので、ここはついて行くしかない。しがない伯爵家のこれといった特徴のない令嬢にとって、公爵様と直接言葉を交わせたことは奇跡に等しい。

血塗れの悪鬼……いえ、血も滴るいい男は、何をしても様になる。見た目はともかく、噂の『狂血公爵』様はお気遣いのできる紳士だった。

◇　◇　◇

そもそも、私が秋の遊宴会に来たのには理由がある。

私のことを良く思っていないお父様の後妻から、「あと一年以内に婚約者を見つけなければ、修道院に行ってもらう！」と言われたからだ。なんでも、気味の悪い趣味を持つ『売れ残り』がいると、異母弟の結婚にも悪影響があるのだとか。

異母弟の結婚といっても、異母弟は三歳になったばかりの可愛い盛りだ。婚約するまで最短でも十年はあるだろうし、その頃には私も確実に家から出て行っているだろう。結婚はできなくても、領地の隅っこで細々と暮らしていける自信はあった。

でも、修道院となれば話は別だ。修道院に入ることになれば、魔物を食べたりなんてできなくなってしまう。太古の昔に人に知恵を授けたという精霊を崇める『精霊信教』では、魔物食が禁忌とされているのだ。日々精霊に祈りながら、それはそれは質素に生きていかなければならず、食肉なんてもってのほかだった。

私としてはなんとしても避けたい事態なのに、頼みの綱のお父様は、異母弟のことを持ち出されてしまい渋々ながら了承してしまったようだ。お父様は、跡継ぎになる異母弟を産んでくれた後妻に弱い。今さら言っても仕方ないのだけれど、私が長女として次期伯爵となる夫を捕まえられなかったことが最大の原因だ。

それでも、一年の猶予を設けてくれたことに感謝するしかない。私は大慌てでお父様から秋の遊宴会の招待状を受け取ると、出席すると手紙を返した。

それからの私の行動は、自分ながらに頑張ったと思う。『私がやることに口を出さない人ならどんな人でもいい』という、比較的達成できそうな低い目標を掲げて、ドレスを新調したり、今まで見向きもしなかった化粧品を購入したりとそれなりに準備をした。

自分で言うのも何だけれど、私は特段器量が悪いわけではなく、結構愛嬌《あいきょう》のある顔をしていると思う。赤い髪に緑色の目だって、なかなかない色合いで私自身気に入っている。マーシャルレイド伯爵家といえばそこそこの地位もあるので、政略結婚相手としては人気物件の部類だろう。

しかし内々の話すらなく、お父様が必死になってばら撒《ま》いてくれた釣書にも反応がないのは、私の噂に尾ひれがついてひとり歩きしているからだと理解はできた。

『魔物の生肉をむさぼり食べている』

『果実酒の代わりに生き血を啜《すす》っている』

『魔毒におかされてまともではなくなった』

などなど。私に関する噂はだいたいこんなものだ。酷《ひど》いものでは、『生まれてくる子は魔物になる』というものもある。

私は魔物の生肉なんて食べたりしない（お腹を壊すから）し、生き血を啜ったりなんかしない（お腹を壊すから）。食べる魔物は、きちんと魔力や魔毒を抜き、下処理をしてから食べている（そうでないと、流石の私でもお腹を壊すから）。

でも、私のことを不憫《ふびん》に思ったお父様から、「この際そこら辺の一般騎士でもいい。人としてきちんとした男なら、私は喜んで結婚を許可するよ」とすら言われてしまったのでは、仕方なくでも見つけてくるしかない。それを聞いた後妻は、目くじらを立ててお父様に詰め寄っていたけれど。なんでも、一般騎士は貴族ではないので、マーシャルレイド伯爵家には相応《ふさわ》しくないそうだ。

こうして領地に引きこもっていた私は、ついに王都へと向かうことになった。

マーシャルレイドから馬車を乗り継いで八日。秋の豊穣を祝う祭りで、王都はたくさんの人で賑《にぎ》わっていた。市場には様々な秋の味覚が売っていると聞いていたけれど、残念ながら私がこれから行かなければならないのは、会場となるパライヴァン森林公園だ。

伯爵家の街屋敷でひと晩休んでから、侍女の手を借りながら自分なりにやる気を出して身支度をした。新調したドレスを身にまとい、綺麗に化粧もして、髪もいつもより複雑に結って。でも――

（誰も彼も華やかな装いの人ばかり……私なんて、野暮ったい田舎娘もいいところね）

会場に着いた私は、たくさんの警護騎士たちの壁を擦り抜け、いそいそと壁の花……もとい、森のキノコに徹することになってしまった。

年頃の令嬢たちのドレスは、金糸に銀糸、繊細なレースをふんだんに使用した、最新の流行を取り入れた豪華なものばかりだ。きっと王都で人気の仕立屋の手によるものなのだろう。私のドレスは、彼女たちに比べたら流行遅れだということは一目瞭然だった。

ラングディアス王国の秋の遊宴会は、独身貴族たちの品定めの場でもある。貴族の婚姻はなにも政略結婚ばかりではない。家督を継がない者たちは、こういった公式の場所でお相手を見繕うことがしばしばあった。

マーシャルレイド伯爵家の娘である私はもちろんのこと、国中の同じような境遇の貴族の令息令嬢がお相手を探すのだ。私は、社交界デビューから三年を経てなお婚約者がおらず、駄目令嬢だという自覚はある。それに友人もいないので、若くて華やかな彼女たちに交じっていけそうにない。だから、ひっそりこっそり目を向けることにした。

（でも、どんな話をすればいいの？）

基本、未婚の貴族の令嬢には付添人がついている。付添人は父親だったり母親だったり兄弟だったりと様々だ。けれど私のお父様は冬支度のために領地に戻っているので、今日は街屋敷で雇った名士の夫人を付添人として連れて来ていた。気になる殿方を見つけた時は、付添人を通じて声をかけてもらうのだ。

紳士の小集団があちこちで談笑し、令嬢たちも仲の良い人で集まってお喋《しゃべ》りに興じている。私は彼女たちの中に入っていけず、森のキノコらしく端っこに潜むために人気《ひとけ》のない場所を探して歩く。

「お飲み物をどうぞ」

すると、給仕から硝子《ガラス》杯が載った銀盆を差し出された。硝子杯には、色とりどりの飲みものが入っている。私は迷わず黄金葡萄《ぶどう》の果実酒を選ぼうと手を伸ばして、

「お嬢様、このような場所でお酒はなりません」

と、付添人のタルボット夫人から止められてしまった。

振り返ると、私の肘に手を添えた夫人が首を横に振っている。どうやら果実酒は、こういった場では淑女が飲んではいけないもののようだ。周りを見ても、果実酒入りの硝子杯は男性しか持っていない。

(ああ、残念。黄金葡萄の果実酒なんて、マーシャルレイドでも滅多に飲めないものなのに)

仕方なく無難な花の香りがする微発泡水を選んだ私は、会場のあちこちに用意された長椅子のひとつに腰を下ろす。すかさず別の給仕がやってきて、小皿料理をいくつか置いていってくれた。

(ネルゴの酢漬けに豚の腸詰め……川魚と黒巻毛牛のラーズかけは見事ね)

さすがは国王陛下主催の遊宴会。出される料理はどれも洗練されていて、上品な味がする。ネルゴという袋状のキノコは、炒《いた》めても美味しい逸品だ。これはさっと茹《ゆ》でて酢漬けにしてあり、食べると口の中がさっぱりした。冬支度のためによく作られる豚の腸詰めは、多分、高級な豚肉を使用しているのだろう。ひと口で食べられるよう小さく切った腸詰めに、臭みはまったくない。

(マーシャルレイドではラーズは贅沢品《ぜいたくひん》だから、もっと堪能しておかないと)

ラーズとは、乳を発酵させて固めたものだ。黒巻毛牛は最高級のラーズがとれることで有名で、焼いた川魚の身に、香火酒で溶かしたラーズがふんだんにかけられていた。でも、いかんせん量が少ない。どの料理もそうだけれど、ひと品ひと品がチマチマしていて全然食べた気にならなかった。

「……はぁ」

私は、最後の腸詰めを食べ終えてため息をつく。

(せっかくガーロイが旬なのに)

マーシャルレイドには、鼻が長く、巻き毛が生えた豚のような魔獣ガーロイが棲息《せいそく》している。その肉は味が濃くて、粗挽《あらび》きの腸詰めにすると大変美味なのだ。長く硬い鼻で畑を掘りくり返す害獣で、今の季節は丸々と太っている。うまく罠《わな》にかかって生け捕りにできたら、農家から譲り受ける予定だったのに。

その味を思い出すと、お腹が空《す》いてきてしまった。ドレスだけれどそんなにお腹を締め上げていないから、まだまだ食べられそうだ。

（でも、誰も食べていないのね）

国中の貴族が集まっているので、料理を準備するのはさぞかし大変なことだろう。それなのに、貴族たちはほとんど料理を口にしていない。お酒の方はどんどん出ているようだけれど、料理が盛ってある大皿には、給仕以外の人はほとんど近づいていなかった。

私は立ち上がると、料理が載せてある台まで歩み寄る。せめて、私だけでも料理をしっかり堪能しよう。「淑女がそんなにがつがつ食べるものでは……」と難色を示してきたタルボット夫人を、「夫人も一緒にいただきましょう。余らせても廃棄になるのでもったいないのです」と丸め込んだ。


しばらくすると、料理を求めて歩き回る私のことが気になったのか、若い貴族たちが目を向けてきたのがわかった。けれど、誰も声をかけて来てはくれない。こういう時にお父様がいれば、お父様から話を持っていってもらえるのに。

洒落《しゃれ》た装いの男性たちに、野暮ったい私が声をかけることなんてできそうもない。かといって、タルボット夫人に頼んでまで彼らと話がしたいわけではない。それに、

（あからさまにがっかりしたような目を向けなくても……）

やはり、貴族の令息は合わない。直接話したわけではないけれど、彼らの残念そうな顔を見ていると、自分を売り込む気にはなれなかった。

私は黙々と皿に料理を載せる。タルボット夫人が諦めたように溜《た》め息《いき》をついたので、場所を替えて真面目に品定めを開始することにした。

（でも騎士の皆さんはお仕事中だから、邪魔になったらどうしよう）

貴族では無理だから、探すのはもっぱら会場中をウロウロとしている騎士だ。お父様からも、「一般騎士でもいい」と許可はいただいている。しかし、会場内にいる騎士たちは貴族騎士なのか、腰に佩《は》いた剣が宝飾品でゴテゴテしていた。身体つきも騎士にしては華奢《きゃしゃ》な気がする。どうやら貴族以外の一般騎士たちは、会場の外に配置されているらしい。

（ということは、お相手を探すには私も会場の外に出る必要があるの？）

たくさんの料理が載った皿を手に、私はどうしようかと考える。とりあえず、会場の外に近い場所に行こう。

「お嬢様、どちらへ」

「一般騎士の方々のところへ」

「まあ、お嬢様。一般騎士だなんて。私があちらの殿方のどなたかにお声をおかけしましょうか？」

タルボット夫人が扇で顔を隠しながら、私に目で合図をしてくる。そこにいたのは、私のことをあからさまに見ている男性たちであった。

私が視線に気づいたことが分かったのか、男性たちが周りに聞こえるような声で話し始めた。

「おい、あれ」

「ああ。見ろよ、あの赤毛……あれって魔物を食らうって噂の」

「悪食令嬢だろ。マーシャルレイド家の」

「あの顔で魔物の生肉を食べるのか？」

「結構かわいいじゃないか」

「それならお前、声をかけてみろよ」

「やめてくれよ。襲われたらどうするんだ」

「そういえば、伯爵の先妻を襲ったとか……」

男性たちの会話で、彼らが私のことを多少なりとも知っていることがわかった。聞こえてきた嫌な話に、私はタルボット夫人を置いてそこから足早に立ち去る。

それは事実無根の、一番たちが悪く聞きたくない噂だった。

（お母様を襲うだなんて、そんなことしてない！）

私が子供の頃に他界したお母様にかかわる噂は、『悪食』の噂に尾ひれがついたまったくの嘘《うそ》だ。最も酷い噂では、『魔物になった私がお母様を襲った』ことになっていた。

やはり貴族から結婚相手を見つけるのは無理だ。そう判断した私は、秋の味覚に舌鼓を打ちつつ、気ままにすごすことに決めた。

（食べ終えたら、本当に会場の外に出て一般騎士を探しましょう）

私は、はしたないと思いながら手袋を外し、皿から腸詰めを摘まんで口に入れる。

（できれば、私の噂を知らない人がいい。きちんと私を見てくれる人であれば）

そんなことを考えていたところで、私は突然押し寄せてきた群衆に状況がよくわからないまま押しやられてしまった。そして、狂化したバックホーンの餌食となる寸前に、公爵様に救われたというわけだ。

◇◇◇

血塗れの二人が連れ立って歩けば、群衆が割れて自然と道ができる。

私よりはるかに背が高いガルブレイス公爵様は、その一歩も幅が広い。私はちょこちょこと小走りでついて行きながら、面白いくらいに飛び退《との》いていく人々の中を進んで行った。

「あの、公爵様。どこに行くのですか？」

「天幕に行けば着替えくらいあるだろう。女物ではないが、それよりはマシだ」

「私、そんなに酷いでしょうか。どのみち帰路に就くだけですので、王都まで戻れば大丈夫です」

公爵様の言う天幕とは、公爵家が設置した遊宴会用の天幕なのだろう。

（そんなところまで行かなくても、付添人を見つければ公爵様の手を煩わせなくてすむのに）

そう考えた私は、公爵様の袖を少しだけ引っ張った。指に濡れた感触がして、白い指先が赤くなる。既に乾き始めてはいるけれど、相当たっぷり血を吸っているようだ。

「……メルフィエラ」

「ははいっ」

「汚れるぞ」

公爵様から再び不意打ちのように名を呼ばれ、返事の声が裏返ってしまった。

見上げると、公爵様がこちらを見下ろしている。つい先程まで魔力を帯びて輝いていた金眼は落ち着き、今は琥珀《こはく》のような色味になっていた。

目が合った私はどきりとして歩みを止めてしまい、必然的に公爵様も一緒に立ち止まる。

「お前は、血で穢《けが》れることを厭《いと》わないのか？」

公爵様が、袖を摑んでいる私の指に手を置き、やんわりと力を込めてきた。思わず指を開いた私は、公爵様が手袋を外して素手になっていることに気づく。

（まさか素手と素手が触れ合うなんて！）

不可抗力なのだけれど、何かものすごく恥ずかしいことのような気がする。心臓がバクバクして、顔が熱くなってきた。

「つ、つい、十日ほど前も捌《さば》きましたので！」

「さばく？」

これ以上直視できず、私は明後日の方向に視線を逸らした。すると公爵様が再び歩き始めたので、私は引っ張られるようについて行く。手は摑まれたままなので、私の心臓は鳴りっぱなしだ。仕方がない。公爵様の手を振り払うなんて、伯爵家の娘である私にできるわけがないのだから。

（それよりも、きちんとした返事をすることに集中しなくちゃ）

私は会話の内容を思い返した。公爵様は、どこまでご興味を示されているのだろう。ただの社交辞令であれば、詳しく説明するのも野暮だ。

「はい、自分で捌くのです。だから血に慣れています。魔物をいただく際に、解体とか、調理とかもいたしますので」

「そ、そういう意味か……肝が据わっているのだな」

よかった、きちんと意味は通じたらしい。公爵様はどこか感心するような声を出した。もちろん、我が家のできる使用人たちが手伝ってくれるので、なんでも一人でやっているわけではない。本当は、使用人たちに気味悪がられているのが現状だった。魔物とは一般的にそういう認識なのだから仕方がない。

魔力を持つ人以外の生き物のことを、総称して魔物という。獣も、魚も、昆虫も、魔力を有していれば皆魔物と呼んでいた。

そして人々は、魔物を食したりはしない。古くは、呪われるだとか、穢れるだとか、様々な理由をつけてはいたけれど、魔力を有するが故に食用には向かなかったからだ。その理由は、魔力や魔毒によってお腹を壊すから。

　そんな魔物をわざわざ食べたいと言う私は、相当な変わり者で、マーシャルレイド家の厄介者なのである。お父様だって、本当は私のこの趣味をやめさせたいに違いない。

　公爵様の興味も逸れたことだしこれ以上会話は続かないだろう、と踏んでいた私は、次の質問に一瞬言葉が詰まってしまった。

「それで、美味《うま》いのか？」

「え？」

「魔物だ。美味いのか？　先程のバックホーンも、お前は当然食べたことがあるのだろう？」

　公爵様の声音が、言い逃れは許さないと告げていた。

「いえ、その、あの」

「あるのだな？」

「…………はい」

「で？」

「あ……う」

　当然、公爵様はそんな返事では納得しなかった。目を合わせていないというのに、なんだかこちらにビシバシと視線を感じる。私はどう答えてよいかわからず、観念して正直に説明した。

「バックホーン種は牛に似た肉質で、非常に美味でした。野生のものなので、肉叩《たた》きを念入りにして、あとは炙《あぶ》り焼きや煮込みなどを少々」

「ほう、あれは牛に似ているのか。それで、狂化さえしていなければ、魔力を帯びた肉で腹を壊したりはしないのか？」

それは、私が今まで言われてきた質問とは少しばかり違っていた。思わず公爵様の顔を見上げると、本気で知りたそうな顔をしている。

今まで、下手物《ゲテモノ》趣味だと蔑まれることはあっても、本当に興味を持って聞いてくれる人はいなかった。唯一、私の趣味を理解してくれているお父様も、私の身体《からだ》の心配ばかりだったのに。

「安全に食べるには、魔物の有する魔力を抜かなければなりません。血抜きの時に一緒に抜けば案外簡単に抽出できるのです。普通に食すると、体調不良や腹痛、魔力酔いのような症状が出ます。それさえ間違わなければ、魔物は立派な食材になり得ます」

「……既に体験済みというわけか」

「あ、あまり褒められたことではありませんが、実証済みのものは、資料化しておりますので」

そこまで言って、私は「もし、興味がおありでしたら、閲覧されますか？」という言葉を飲み込んだ。公爵様はきっと、魔物を好んで食べる私が物珍しいだけだ。こんな私にも気遣ってくれる優しい公爵様だもの。場を繋《つな》ぐだけの、世間話に違いなかった。

調子に乗ってベラベラと喋っていたことが恥ずかしくなった私は、掴まれた手を引き抜こうとした。しかしそれは叶《かな》わず、むしろ公爵様は手に力を込めてきた。

「あー……メルフィエラ。初対面で言うのもなんだが」

「は、はい。申し訳ありません。お恥ずかしい話を」

「恥ずかしい？　よくわからんが、その、なんだ」

言葉を選んでいるのか少し言い淀んだ公爵様が、チラリと私を見下ろしてくる。


「こ、今度、その魔物を、私も食べてみたいのだが」


私は自分の耳を疑った。

「失礼ですが、公爵様。ま、魔物を、食されたいのですか？」

聞き間違いかと思って尋ねた私に、ガルブレイス公爵様はこくりと頷いた。聞き間違いではなかった。

見ると、公爵様の耳が赤くなっている。魔獣の乾いた血のせいで顔が汚れていて、頬は赤くなっているのかよくわからないけれど。きっと多分……公爵様は照れておられた。照れる要素なんて何もないはずなのに。

「あの……先ほどの狂化したバックホーンでしたら、魔力もそうですが、厄介な魔毒を抜かなければならないので、少し時間がかかりますが」

「そういえば、お前はさっきもそう言っていたな」

「はい、早くても二十日間です。それに、塩漬けにして熟成させるので、新鮮味には欠けるかと」

「二十日か」

私の説明に公爵様は何かを考えるように眉根を寄せた。そんなに魔物を食べてみたくなったのだろうか。公爵家だけに、日頃からありとあらゆる美食を食べているに違いない。もしや、美食では満足できず、珍味に手を出してしまうというそっち系の趣味がおありになられるのだろうか。

私は自分のことを棚に上げて、少し心配になってしまった。珍味を求めるがあまり、下手物に走る貴族が私の噂を聞きつけて、魔物食を所望してくることがあるからだ。そういった人は、安全な魔物ではなく、変わり種――例えば、毒系や狂化系を求めてくる。

（どうしよう……今すぐになんて無理だし）

魔毒に侵され狂化した魔物は、その下処理に時間がかかる。お金を出せば何とかなると思っている貴族や富豪は、待ちきれず勝手に食べてしまう。そして生き地獄のような苦痛でのたうち回る羽目になるのだ。

「公爵様は、胃腸はお強い方でいらっしゃいますか？」

私がそう確認すると、ガルブレイス公爵様がキョトンとした顔になる。

「特に異常はないが。何故だ？」

「狂化した魔物は、魔毒を含んでいます。万が一あたってしまえば、激しい腹痛や高熱などにみまわれ死ぬほど苦しい目に遭うのです」

「ふむ……あれは初心者には向かないのか。ならば、狂化していないものであれば？」

「普通の肉と同じように、新鮮な厚切り肉から、串焼き、煮込み、腸詰めなど、様々な楽しみ方ができます」

すると公爵様は、血塗れの顔でドキッとするようなとても素敵な笑顔（周りにいた人たちは何故か悲鳴をあげたり、今にも卒倒しそうになったりしていた）になり、私の手を引いてズンズンと歩き始めた。

（そんなに食べたいのでしょうか？）

何故か公爵様はとっても嬉《うれ》しそうだ。

「メルフィエラ、伯爵は一緒ではないのか？」

「父はひと足先に領地に戻りました」

「そうか。マーシャルレイド領はもうすぐ冬になるのだったな」

「はい、厳しい寒さですから。冬支度には時間がかかるのです」

さすがは公爵様だ。これといって特出するものがない領地でも把握なされておられるとは。

マーシャルレイド領は、王国の北の山脈に近い場所にある。どこよりも早く冬を迎える土地で春も遅くやってくる。それ故に、あまり長く社交界にいることができないのだ。

ラングディアス王国では、冬の間、貴族たちは自分の領地に帰り、春になると社交界のため王都ですごすのが一般的だった。この秋の遊宴会が終われば、今年の社交界も終了となる。だから私は、なんとしてでも婚約者を探さなければならなかったのだけれど……。

そうこうしているうちに、公爵家の旗がはためく立派な天幕にたどり着いた私は、そこで待ち受けていた黒髪の若い男性から怪訝《けげん》な目で見られる羽目になった。

「閣下、お召し替えの準備は整えており……おや、お連れ様がいらっしゃったとは」

羨ましいくらいにサラサラの黒髪は顎の下で切り揃えられ、右目には片眼鏡をかけている。物腰は柔らかで穏やかそうな顔をしているけれど、この男性、目が笑っていない。

「マーシャルレイド伯の娘だ」

「彼女のその髪、まさかお怪我を⁉」

公爵様が簡単に私の紹介をすると、途端に男性が慌て始める。私のドレスに血が付いているので、怪我をしているのかもと誤解されても仕方ない。でも多分、髪は関係ないと思う。多少血を被っているかもしれないけれど、この赤い髪は私の自前だ。

「俺がいて怪我などさせるものか。魔獣の血を被っただけだ。ケイオス、彼女にも着替えを」

「はっ、かしこまりました」

黒髪の男性――ケイオスさんは、優雅にお辞儀をして天幕の中の使用人たちに指示を出し始めた。きっとケイオスさんは、公爵家の家令かそれに近い人なのだろう。

公爵様に連れられて、私は一緒に天幕の中に入る。

そこには大きな水桶《おけ》があり、ほかほかと湯気を立てるお湯が入っていた。そのすぐ横には布の山と着替えが置いてある。周りには、何やら武器と木箱が積み上げられていて、野外炊飯用の道具もあった。有りがちなふかふかの絨毯《じゅうたん》や、優雅な茶器などは一切見当たらない。

(遊宴会用の天幕というよりは、狩猟用の天幕みたい)

確かに、遊宴会では獣狩りも行われているけれど、それはあくまでも遊びの範疇《はんちゅう》だ。こんな風に、何日も山に籠《こも》って狩りをするような装備は必要ない。

「メルフィエラ、着替えが届く前に顔と手を洗っておくといい」

「私はそれほど汚れておりません。公爵様が先に――」

私の次の言葉は、続かなかった。

何故なら、公爵様は既に服を脱いでいたからだ。上半身だけだったけれど、いきなり目の前に裸の身体があって、私は驚きのあまり声が出なかった。

(は、裸!)

領地の騎士や猟師たちが外で身を清める姿なら見たことがある。それもたまに遠目で見かけるくらいだったので、当然私に耐性はない。でも何故か目が離せず、晒《さら》された公爵様の裸の身体に私は声もなく見入ってしまった。

「どうした、メルフィエラ?」

「公爵様は、凄く、いい質の筋肉でいらっしゃいます」

「はっ⁉　あ、ああ、まあ、それなりに鍛えているからな」

「あの鮮やかな斬り口は、その腕から生み出されるのですね」

「斬り口？　ああ『首落とし』のことか。あれは少しばかりのコツも必要だぞ」

公爵様が小さな桶にお湯を汲《く》んで手渡してくれる。私はボーッとしながらそれを受け取ると、半裸の公爵様の隣にしゃがみ込んだ。

公爵様が水を注《つ》ぎ足し、お湯を血が固まらない程度の温度に調節していく。そして手際よく血を落としていくので、私もそれに倣《なら》うことにした。

「私にもできますか？」

暴れるバックホーンの首をたった一閃で斬り落とすコツを、私にも教えてはくれないだろうか。もし会得できたら、魔物を捌く時に使用人たちの手を煩わせなくてもすむのに。

ぬるま湯に浸した私の指先から、赤い色が解《ほど》けて消えていく。乾いてこびりついた血は、少し擦《こす》れば綺麗になった。

「コツさえ摑めば……だが、その細腕では肝心の剣を振り回せまい。荒事は私に任せておけ」

「公爵様に、ですか？」

顔を洗おうとお湯を手にすくい、私は隣の公爵様を見上げた。公爵様もこちらを見ていて、バチッと目が合う。

「ま、魔物の討伐なら慣れているからな！」

「それは頼もしいですね」

「頼もしいかどうか知らんが。そうだ、何か食べたい魔物はないか？　近々、魔物を狩ってきてやる。その時、私にも食べさせてくれ」

「まあ、それはガルブレイス公爵領の魔物ですか⁉」

ガルブレイス公爵領には、ここパライヴァン森林公園よりも広大な大森林がある。魔物の聖地とも言える場所の、珍しい魔物でもいいのだろうか。私は、公爵様の申し出に勢い込んで飛びついた。

「あの、あのっ、エルゼニエ大森林の魔物でも、だ、大丈夫でしょうか？」

「エルゼニエ大森林は私の庭のようなものだ。そうだな、今の季節、アンダーブリックやグレッシエルドラゴンモドキが獲《と》れるぞ」

「アンダーブリックにグレッシェルドラゴンモドキ！　そんな、贅沢です！」

アンダーブリックは、六本脚の獣だ。硬い鎧《よろい》のような皮を持つ大型魔獣で、マーシャルレイド領では見かけない種類だった。グレッシェルドラゴンモドキは、大蛇の様に長い身体に羽と脚がついたドラゴンに似た大トカゲで、それも滅多にお目にかかれない珍種である。

興奮のあまり思わず大きな声を出してしまった私を、公爵様が優しい目で見てくる。

「メルフィエラ」

公爵様の濡れた指が、私の頬に触れる。何度か撫でられたかと思うと、柔らかい布で丁寧に拭《ぬぐ》われた。どうやら顔に飛び散った血を綺麗にしてくれたらしい。とても優しい手つきで何箇所か拭われた後、公爵様は満足げな顔になった。

「よし、これでいい」

「ありがとうございます。公爵様も」

私もお返しにと、公爵様の額に手を伸ばし、こびりついた血を丁寧に拭う。公爵様も嫌ではないようで、届きやすいように身を屈《かが》めてくれた。目の縁や、小鼻についた血も、念入りに落とす。

公爵様が目を閉じ、その琥珀色の瞳が隠れてしまった。髪色よりも濃い色の灰色のまつ毛が、羨ましいほどふさふさと生えている。うん、血も滴るいい男が、水も滴るいい男になった。格好いい、眼福。

「あの……閣下。入ってもいいですかね？」

ふと聞こえてきた第三者の声に、私と公爵様は同時に天幕の出入り口を見た。そこには、色とりどりの華やかな布を抱えた黒髪の男性——ケイオスさんが立っていて、その後ろには、何人かの侍女らしき女性が並んでいる。

公爵様は溜め息をついて身を起こすと、不機嫌そうな声を出した。

「何だ、ケイオス」

「何だって閣下、貴方《あなた》に指示されたものをご用意したのですが。あと閣下、何がどうして、淑女の前で裸におなりに？」

何故だろう。ケイオスさんの声が冷たい。それに後ろで待機している侍女たちは、オロオロとして皆顔を背けている。

「全裸ではないぞ、上半身だけだ！」

「全裸だろうが上半身だろうが、未婚の伯爵家のご令嬢に見せるものではありません！」

ケイオスさんの言うことは、紳士として正しいことだ。ケイオスさんに怒鳴られた公爵様もそれに気づき、慌ててそこら辺に置いてあった布で裸の上半身を隠す。その頬のあたりがほんのりと赤く染まっていた。

「す、すまないメルフィエラ。普段は魔獣狩りに女性が来ることがないもので、ついうっかりしていた」

「いえ、公爵様。お気になさることはありません。食肉には向かない筋肉でしたが、公爵様は戦闘に特化したしなやかな筋肉をお持ちですね」

「しょ、食肉⁉」

私は何も考えずに『食肉』と口にしてしまい、それに反応したケイオスさんがギョッと目を剝《む》いた。

（ああ、いけない）

公爵様とお話ししているうちに、私はすっかり自分の異常性を忘れていた。公爵様が気になさらないからといって、ケイオスさんもそうとは限らない。

「あの、ご心配なく。私、魔物専門なので。人肉は食べませんから」

ケイオスさんが益々《ますます》面白いくらいに驚愕した顔になる。またもや私は、何か変なことを言ってしまったらしい。

困り果てた私は公爵様を仰ぎ見る。すると何故か、公爵様は肩を震わせて笑いを堪《こら》えていた。

その後、釈然としない顔をしたケイオスさんと、声を上げて笑い始めたガルブレイス公爵様を残し、私は侍女たちに天幕の奥へ連れて行かれた。

「さあ、まずはお髪《ぐし》を整えましょう。それからドレスは……それ、それと、あともう少し細身のものを」

ケイオスさんが持ってきてくれたドレスを、侍女たちがてきぱきと選んでいく。

「あの、そのドレスは」

「お気になさらずお召し替えください。王妃様より仰せつかっております」

どうやら、遊宴会に参加した女性たちが不測の事態に陥ってしまった時用に、王妃様がご準備なされていたものらしい。同じく王妃様が連れて来ていたらしい侍女たちは、血がついた私の髪をお湯で洗い、香油を使って綺麗にしていく。さらにとても上品な深緑色のドレスを選んでくれ、私は申し訳ない気持ちになった。本来であれば、彼女たちが私のような者の世話をすることなどないはずで、王妃様も王家に近しい公爵様の頼みを聞いてくれただけなのだろう。

公爵様と王妃様のお気遣いにより救われた私は、手伝ってくれた侍女たちにお礼を言う。

「助かりました。ありがとうございます」

「とんでもございません。私共の仕事にございます」

「領地に戻ったら、王妃様にお礼状をしたためたいのですが、私ごときの手紙など、王妃様はお受け取りくださるでしょうか」

「高価なお品物でなければようございます」

「わかりました」

決して嫌な顔をせず淡々と仕事をこなす侍女たちは、私の支度が整うと直《す》ぐに天幕から退出していった。

残された私は、血で汚れたドレスを内側にひっくり返して布の端を結ぶ。ここに置いていくわけにもいかないので、持って帰るしかない。

丸めたドレスを持って天幕の奥から出た私は、困り果てた顔で待っていた付添人を見つけた。

「まあ、タルボット夫人」

「メ、メルフィエラお嬢様」

すっかり忘れていた。一応私は未婚の令嬢なので一人では遊宴会に出席できず、付添人として夕ルボット夫人を連れて来ていたことを思い出す。

「きょ、狂血公……い、いえ、ガ、ガルブレイス公爵家の騎士と名乗る者が、わ、私をここに連れて来たのです」

どうやら公爵様は、私の付添人を探して来てくれたようだ。その細やかな心遣いに、私の心が温かくなる。狂血公爵だなんて物騒で不名誉な二つ名など、優しい公爵様には全然似合っていない。

タルボット夫人は天幕の中をキョロキョロと見回し、積み上げられている武器の箱に目を止めた。ここは普通の貴族の天幕ではないので、本当にガルブレイス公爵家の天幕なのか半信半疑らしい。その気持ちは少しだけわかる。完全に狩猟用の天幕だもの。

「お嬢様、あの」

夫人が不安そうに両手を胸元で握り締め、私の顔を見てくる。

「ええ、ここはガルブレイス公爵様の天幕で間違いありません。公爵様が、私を魔獣から救ってくださいました」

「そ、そうでございましたか……お嬢様、それで、そのドレスは、ここでお召し替えに？」

「そうなの。着ていたドレスが魔獣の血に塗れてしまって」

私は、足元に置いたドレスだったものを指差す。すると、「ひぇっ！」と悲鳴を上げたタルボット夫人が、私と足元のドレスから距離を取った。別に危なくもないのだけれど、これは何か、嫌な予感がする。

「タルボット夫人。これは別に――」

「お、お嬢様、このような場所で、ま、魔物を食らうなんて！」

別に私は魔物を捌いて血に塗れたわけじゃないから……と言おうとしたけれど、タルボット夫人は見事に誤解してしまっていた。魔獣の血と説明してしまったのは私の失態だ。ここは、少し汚れた、とか、お茶をこぼした、とか言うべきだった。

タルボット夫人は、私が魔物を捌いて食べてしまったと思っているようだ。夫人の目の前で魔物を捌いたことはないけれど、例の噂で聞いたのだろう。恐怖に目を見開き、ジリジリと後退《あとずさ》る夫人の背後には、公爵様が脱ぎ捨てたであろう血塗れの服が放置してあった。

「あ、夫人、足元に気をつけて」

このままだと大惨事になると思った私の制止も虚しく、夫人は公爵様の脱ぎ捨てた服の端を踏み付けてしまう。グジュッと湿った音がして、服に染み込んでいた血が滲《にじ》み出てきた。そのまま体重がかかり、天幕の床に赤黒い染みが広がっていく。当然、タルボット夫人の靴にも血がついた。

「ひ……」

やってしまった、という顔になった私と夫人の目が合う。顔を真っ青にして恐々《こわごわ》と足元を見た夫人は、天を仰いで盛大な金切り声を上げた。

「ひぃぃぃいやぁぁぁぁぁぁっ!!」

「どうした!?」

天幕の外にいたらしいガルブレイス公爵様が、その悲鳴を聞いて天幕の布を引き千切らんばかりの勢いで中に入ってくる。公爵様のまだ乾いていない濡れた灰色の髪はかき上げられ、魔力により煌々と輝く金色の目が私を見た。

「メルフィ……」

公爵様が私の名前を呼ぼうとした時、操り人形のようにぎこちなく首を動かして公爵様を見たタルボット夫人が、今度はまるでこの世の終わりを見たかのような絶叫を放つ。

「ぎゃあぁぁぁぁぁぁぁぁぁぁぁぁぁぁっ!!」

「おいっ！」

恐怖に顔を痙攣《ひきつ》らせたタルボット夫人を助けるべく、公爵様が駆け寄ろうとして……結果、夫人は卒倒しそうになった。それでもすんでのところで持ち直し、ヘナヘナと器用に足からくずおれていく。そしてあろうことか、公爵様の汚れた服の上で完全に伸びてしまった。

「メルフィエラ、何があった？」

「何があったじゃありませんよ。閣下、それは外に置いてきてください」

私とタルボット夫人を交互に見る公爵様の後ろから、やれやれと溜め息をつきながらケイオスさんが入ってくる。

公爵様を放置して、倒れたタルボット夫人の側に屈み込んだケイオスさんは、手首を持ち上げて脈を取り始めた。それから、あきれたような目で公爵様を見る。

「閣下」

「何だ、この首は既に事切れているぞ」

なんと公爵様は、あのバックホーンの首を片手に抱えていた。しかも、もう片方の手には血に塗れた鋭い剣が握られている。その姿があまりに様になっていて、私はこっそりときめいた。

（私もこんな風に魔物を狩ることができたら、どんなに素敵なことか）

でも、ケイオスさんの感想は違ったらしい。

「死んでいようがそうでなかろうが、そんな物騒なものを引っ提げて突入されたら、どんなご婦人でも卒倒しますよ」

「む……メルフィエラは大丈夫そうだぞ？」

公爵様が拗《す》ねたように口を尖《とが》らせる。私は公爵様に同意して、「見慣れているので問題ありません」と答えた。しかし、それはケイオスさん的には駄目な答えだったようだ。

「問題ありまくりです！」

何故かキッと目を吊《つ》り上げたケイオスさんに叱られてしまった。私と公爵様は目を見合わせて、とりあえず口を閉ざす。

「いいですか。普通は、ご婦人の前に、魔獣の首を持ってきたり、血のついたままの剣を見せたりしないものです！　それに、マーシャルレイド伯爵家の御息女様！」

「は、はいっ！」

ケイオスさんの矛先が私に向いたので、私はシャキッと背筋を伸ばした。

「閣下のこの姿を見て、そんなに目をキラキラとさせないでください！　閣下がつけ上がります!!」

ぜいぜいと息を切らしたケイオスさんが、伸びたタルボット夫人を使用人に引き渡す。小さく呻《うめ》き声が聞こえたので、夫人はどうやら無事のようだ。公爵様の汚れた服の上で倒れたので、ドレスは無事じゃない様子だけれど。

それにしても、私はそんなに目をキラキラさせていただろうか。公爵様ははっきり言って格好がいいので、多少は舞い上がってしまったとしてもそれは許してほしいところだ。

「まさか、閣下とご同類の方がおられるとは」

憮然《ぶぜん》とする公爵様から剣を取り上げたケイオスさんが、ぶつぶつと文句じみた言葉を呟きながら使用人に手渡した。さらに、公爵様からバックホーンの首も受け取ろうと手を伸ばす。

「閣下、その首も渡して下さい」

「こ、これは駄目だ」

「それも廃棄です！」

ケイオスさんの剣幕に渋々ながら首を差し出した公爵様は、かなり名残惜しそうだ。それには私も同意する。本当に見事な斬り口で、他に傷らしい傷がない。飾りとしても高値で売れそうな首だったのに、廃棄処分とはもったいない。

「まったく、閣下もいい歳こいて何をはしゃいでいるのやら。おとなしくご令嬢を王都までお送りすればいいものを」

「言われなくとも送っていく。メルフィエラ、すまない。ケイオスはいつも口煩《くちうるさ》くてな」

ポリポリと頬を掻《か》いてバツの悪そうな顔をする公爵様に、私は気にしていないという意味を込めて微笑み返す。すると、公爵様が勢いよく下を向いた。

「やれやれ、うちの閣下の遅い春ですかね」

ケイオスさんがバックホーンの首を器用にくるくると回しながら呟いた。私や公爵様のことをどうこう言うケイオスさんも、多分傍《はた》から見れば同類に見えると思う。普通の人は、ひと抱えもある魔獣の首をくるくる回したりなんてできないし、できたとしてもしない。

（そういえば、バックホーンの頭は食べたことないけれど、美味しいのかしら？）

つくづく、狂化していることが残念でならない。私が物欲しそうな顔をしていたからだろうか。視線に気づいたケイオスさんが、私からバックホーンの首を隠すようにして天幕から運び出してしまった。むう、残念。

◇◇◇

伸びていたタルボット夫人の意識が戻り、汚れたドレスを着替えさせた後、私は王都の街屋敷まで戻ることになった。王都まで送ると言ってくださったガルブレイス公爵様は、国王陛下に呼ばれてしまったらしい。それでも、パライヴァン森林公園の出入り口まで見送りに来てくれた。

「まったく、なんだって陛下は。間が悪過ぎる」

「魔獣を討伐したのは閣下なのですから、ご報告も閣下がなさるのは道理かと」

「いつものことではないか！」

何故かご立腹の公爵様が、ケイオスさんにたしなめられて悪態をつく。そうだった、狂化した魔獣を仕留めたのは公爵様だった。国中の貴族たちが集まる遊宴会の場で、何故そのような事態になったのかを陛下に説明しなければならないのだろう。

私は申し訳なくなり、隣を歩く公爵様を見上げた。

「公爵様、私は大丈夫ですから」

「問題ない」

「あの……でも、ケイオスさんのお顔が」

「あいつの眉間の皺《しわ》はいつものことだ」

「そ、そうですか」

私は、後ろからついてくる難しい顔のケイオスさんをチラリと振り返る。するとケイオスさんは、公爵様を親指の先で指し示して、グイッと下唇を突き出した。なんだか子供の喧嘩みたいで、ちょっぴり微笑ましく、そして羨ましい。きっと公爵様とケイオスさんの間には、確かな信頼関係があるのだろう。

森の出入り口に設けられた馬車停《ど》まりまで歩いてきた私は、すぐにマーシャルレイド家の馬車を見つけた。待機していた御者と短く話して王都に戻ることを伝える。一応四頭だての馬車なので、王都へは二刻ほどで辿《たど》りつくだろう。

タルボット夫人がとても疲れ切った様子だったので、先に馬車に乗ってもらうことにした。

「タルボット夫人、お先にどうぞ」

「は、はい、申し訳ありませんが、遠慮なく」

タルボット夫人はずっと公爵様を見ないようにしていて、そそくさと馬車に乗り込んでしまった。バックホーンの首を抱えた公爵様の姿がよほど怖かったようだ。私は自分も馬車に乗り込む前に振り返ると、ドレスの裾を摘まんで淑女の礼をする。

「公爵様、この度は本当にありがとうございました」

「礼を言う必要はない。むしろ私に謝罪をさせてくれ。お前の惨状は私の失態だ」

「命を救われたのですもの。少し汚れたくらいなんともありません」

私は公爵様に向かって微笑む。当初の目的である婚約者は見つからなかったけれど、公爵様とこうしてお話しできただけでも遊宴会に出席してよかったと思えた。

これでお別れになるのは名残惜しい。でも、公爵様にもお務めがある。これ以上引き留めてはならないと、私は馬車に乗り込んだ。すぐに御者が扉を閉めたので、馬車の窓を開けた私は公爵様の方を見る。

「ここまでしか見送れずすまないな」

「いいえ、公爵様に見送っていただけるなんて光栄です」

「ではな、メルフィエラ。次は土産を持って伺おう」

「その機会がありましたら。公爵様、くれぐれもお怪我をなされませんよう、お気をつけくださいませ」

魔物を討伐するのには危険が伴う。公爵様にとって、いくらエルゼニエ大森林が庭のようなものだとしても、そこには国から超危険指定された魔物たちがゴロゴロ棲息しているのだ。公爵様が危険な目に遭うくらいなら、私は希少種や珍種の魔物なんて食べなくてもいい。

しかし、公爵様は自信たっぷりに宣言した。

「楽しみに待っていろ。アンダーブリックより大物を仕留めてきてやる」

「大物……あの、そういえば、魔物をより美味しくいただくには、実は生け捕りの方がいいのです。大物よりも、おとなしめの小型の魔物の方が生け捕りしやすいかと」

私は、別に大物でなくてもいいと婉曲《えんきょく》に伝えたつもりだったのだけれど。

「ほう、生け捕りか……これは腕が鳴るな」

公爵様がにやりと笑い、公爵様の背後で待機していたケイオスさんが目を丸くしてあんぐりと口を開いた。生け捕りは確かに難しいけれど、罠を仕掛ける方法であればいけなくもない。

何故か天を仰いだケイオスさんが、額に手を当てて、「ああ、これだから類友は！」と嘆いている。私はまた何か変なことを言ってしまったのだろうか。魔物をいただく上で、美味しいということは一番大切なことなのに。生け捕りにして、血抜きと共に魔力も取り除く方が効率が良くて、肉の新鮮さも抜群なのだ。

「ああ……精霊様、彼らはなんたる罪深いことを。どうかお許しください」

私の向かいに座るタルボット夫人が、必死に祈りを捧《ささ》げている。そしてついうっかり、公爵様の方を見てしまったようだ。「ひぃぃぃぃ……」という、怯えたような声を出して顔を背けた。

夫人は、絶対公爵様のことを誤解していると思う。噂だけで人を判断するとか、そういう偏見はよくない。『狂血公爵は血を好む残虐非道な悪鬼』だなんて噂はただの噂でしかなく、実際の公爵様は立派なお方だ。夫人も怖がってないで、公爵様の本当の姿に気づけばいいのに。

その時私は、馬車に置いていた籠の中に、あるものを見つけて閃《ひらめ》いた。

「あの、公爵様、これを」

私は籠ごと窓から差し出してケイオスさんを見る。察しの良いケイオスさんは、その籠を受け取ってくれた。

「マーシャルレイド領の魔獣『スカッツビット』の干し肉です。香辛料で味をつけているので、口寂しい時のお供に最適かと」

「スカッツビットといえば、寒冷地の小型魔獣だったな」

「はい、さすがは公爵様。耳で飛ぶ、刺々《とげとげ》しい針を全身に纏《まと》った魔獣です」

針のある身体にはおいそれと触れられないのだけれど、この個体は私が罠を仕掛け、うまく仕留めることができたものだ。干し肉にすると旨味《うまみ》が凝縮し、噛めば噛むほど癖になる味が口の中に広がる。ついつい穀物の発泡酒が飲みたくなる味で、領地の猟師の間でもこっそり食べられていた。

「しっかり下処理をしておりますし、食べてもお腹を壊すことはありません。それは保証します」

「ありがたくいただくぞ、メルフィエラ」

「あっ、駄目です、か、閣下！」

公爵様は、ケイオスさんが持つ籠の中に無造作に手を突っ込み、ケイオスさんが止める間もなく口の中に放り込んだ。公爵様くらいの御身分の方は、普通は毒見とかそういうしかるべき過程を経て食べるものだろうに。公爵様はそこら辺のことには無頓着なようだ。

「これは」

「閣下、ぺっ、ぺっ、ぺっしなさい！」

ケイオスさんが慌てて公爵様の口をこじ開けようとしたけれど、公爵様は逆にケイオスさんの口の中にも干し肉を突っ込んだ。両手で口を押さえたケイオスさんが、顔を真っ赤にしてうーうーと唸《うな》る。

「この辛味、口の奥に広がる旨味……これが、スカッツビットか……たまらんな、酒が欲しくなる」

どうやら、干し肉の味は公爵様のお口にあったようだ。公爵様は再び籠の中から取り出した干し肉をかじり、私を見て破顔した。目を白黒させていたケイオスさんも、吐き出すことはせず、恐る恐るではあるけれどモゴモゴと口を動かしている。私特製の香辛料はとても香り豊かで、食欲をそそる刺激があるのだ。これには、植物の魔物『ベルベルの木』の実をすり潰したものが入っていたりする。

「お前が味付けしたのか？」

「はい。南の地方の香辛料が使われた料理を参考にしました」

「美味いな。これは他の魔物料理も期待したくなる味だ」

公爵様が少し大きめの干し肉をかじり、指についた香辛料をペロリと舐《な》めた。

私に気を遣ってくださっているだけなのか、それとも本心なのかわからない。でも、「美味い」と言われて、私は泣きたいような気持ちになってしまった。気味悪がられたり、怖がられたり、悪意を持った噂を流されたり。私は別に悪いことをしているわけじゃないから、気にしない、気にしてはいけないと思っていたはずなのに。

（会ったばかりのただの娘なんかに、公爵様は優しすぎます）

目の端に浮かびそうになった涙をこっそりと拭いた私は、顔に笑顔を貼り付ける。

「どうした」

「いいえ、名残惜しいと思ってしまっただけです」

「そうか、私もまだお前と話をしたかったのだがな。どうやら時間切れのようだ」

公爵様が目を向けた方向には、貴族騎士たちが焦《じ》れた様子で待ち構えている。きっと彼らが公爵様を呼びに来たのだろう。

「またな、メルフィエラ」

「はい、公爵様」

公爵様が馬車から距離を取ると、御者が手綱を引いて馬を歩かせた。ガラガラと車輪が回る音がして、公爵様の姿が遠ざかっていく。すると、公爵様は干し肉が入った籠を掲げて、「約束だからな！」と仰《おっしゃ》ってくださった。


（公爵様と出会えてよかった）


乗り気ではなかったけれど楽しかった。きっと公爵様の言うことは社交辞令なのだと思う。魔物を食べる『悪食令嬢』がどんな娘なのか、知りたかっただけなのかもしれない。

でも……と私は自分に反論する。

（でも、もしかしたら、訪ねて来てくださるかもしれない）

そんな淡い期待を、私はどうしても捨て去ることができなかった。

◇◇◇

遊宴会はまだあと三日続くけれど、付添人のタルボット夫人が狂化魔獣騒動に怯えてしまい、付添人を辞退してしまった。タルボット夫人から詳細を聞いた他の使用人も付添人はできないということだったので、私は予定より早く切り上げることにした。

王都からマーシャルレイド領までの帰り道は約十日間。道中に立ち寄ったコルツ村で、狂化したヤクールという中型肉食魔獣に足止めをされてしまったけれど、概《おおむ》ね順調に帰ってきた。

王都に出発する前は青々としていたマーシャルレイドの山脈が、すっかり雪を被っている。冬はもうすぐそこまでやって来ていた。

（あら？　あれは……）

馬車が小高い丘を登り、尖った屋根が連なるマーシャルレイドの屋敷が見えてきた時だった。私は、屋敷の門の前でウロウロと行ったり来たりしている人影を見つけた。遠目でもわかる、ひょろりとした長身のあの人は。

「お父様！」

馬車の窓から身を乗り出した私は、お父様に向かって大きく手を振った。お父様は毛皮の外套《がいとう》を羽織っていて、すっかり冬支度を済ませている。

「メルフィ、ようやく戻ったか！」

馬車が門の前まで着くのが待ちきれないのか、お父様が大きな声で私を呼びながら、外套をはためかせてこちらに向かって走ってきた。

（なんだかとても慌てているみたい）

私がいない間に何かあったのだろうか。

「早く、いや、ええい、止まれ、止まれ！」

お父様が手に持った杖をブンブンと振り回して馬車を止める。これはどうも由々しき事態らしい。心配になった私は、お父様に向かってあらん限りの大声で叫んだ。

「お父様、何かあったのですか⁉」

「メルフィエラ、お前は一体何をしてきたんだ！」

私とお父様の声が被る。

（え？　お父様は、私が何をしてきたと、そうおっしゃったの？）

お父様の耳に、コルツ村の狂化したヤクールの話が入っていたのだろうか。あれは村の猟師たちが総出で仕留めたため、怪我人も出なかったのだけれど。馬車の扉をこじ開けるようにして飛び乗ってきたお父様は、ぜいぜいと荒い息を吐きながら聞いてきた。

「お、お前は、遊宴会に出席していた、はずだ」

どうやら何かあったのではなく、私が何かしてしまったらしい。いったいどの話のことだろうか。街屋敷に置いていた塩漬けの魔物の肉は、出発前に他人に配ってしまったし、お父様の後妻が嫌がるので、留守の間は領地にも魔物の肉を保存はしていない。まさか私の他にも、魔物食に目覚め自分で魔物を料理した領民がいるのだろうか。それを見てしまった後妻が、ついに強硬手段に出てしまったのだろうか。領民の間に少しずつ私が作った魔物食が浸透していっていただけに、私がいない間に何かあったのであれば申し訳ない。

「お父様、私は確かに遊宴会に出席して、婚約者になってくださる殿方を探しておりました。タルボット夫人も一緒でした」

「そうだ、婚約者だ。メルフィ、お前は、遊宴会で、何という人を捕まえてきてしまったんだ……あぁ、私はどうすれば」

まったく要領を得ないお父様の言葉に、私の頭の中は疑問でいっぱいになる。そもそも、私の婚約者探しは失敗に終わっている。惨敗も惨敗、一般騎士と出会うどころか、狂化した魔獣と出会ってしまった始末だ。まさか、後妻が私の修道院行きを早めたとかだろうか。それなら慌てるのもわかる。だって、あと半年以上は猶予があったはずなのに！

「お父様ごめんなさい。私、婚約者探しは」

「お前はマーシャルレイド伯爵家の娘なんだぞ！　こ、公爵家と伯爵家では、身分が釣り合わん‼

何故だ、何がどうなって、お前が、ガ、ガルブレイス公爵閣下から求婚されるような事態になるのだっ!!」

私の言葉を遮るように一気に言い終えたお父様が、肩で息をする。一瞬、私の頭の中が真っ白になった。

「キュウコン、ですか?」

「そうだ、求婚だ」

「それは、植物の根ではなく?」

「私は植物の話なんかしてない！　ああ、どうやってあの手紙に返事をすればいいのだ。メルフィ、私は一般騎士でもいいと言ったじゃないか……お前のことを大切にしてくれる人であればと。それが何故、よりにもよって公爵閣下に」

混乱しているお父様よりも、私の方が混乱していた。

あの時の公爵様の言葉は、社交辞令ではなかったのだろうか。いや、そもそも公爵様は、「魔物を食べてみたい」と言われただけなのだ。まさか求婚とは建前で、私は魔物食を公爵様に食べさせてしまった罪で、罪人として捕まえられてしまうのだろうか。

(公爵様も魔物食を禁じる精霊信仰者だったとしたら、十分にあり得る話だもの)

でも、と思う。でも、公爵様はスカッツビットの干し肉を「美味い」と言って食べてくださった。あの時の笑顔が偽りのものだったなんて思えない。本当は、私がそう思いたくないだけかもしれないけれど……。

「お父様、私にもその手紙を確認させてください」

だいぶ呼吸が整ったお父様が、「わかった」とだけ答えて、御者に屋敷に行くよう指示を出す。

ガタゴトと動き始めた馬車の中で、私は遊宴会での公爵様の様子を必死になって思い出した。

最初に、「魔物を食べてみたい」と言われた時は、とても恥ずかしそうにされていた気がする。

魔物の話も興味津々で聞いておられたし、斬り落としたバックホーンの首をケイオスさんに取り上げられた時は、とても残念そうなお顔だった。

（きっと何かの間違いよ。大っぴらに魔物を食べたいなんて書くわけにはいかないから、求婚という言葉を使っただけかもしれないし）

しかし、私のその考えは、公爵様から届いた手紙を見た瞬間に、どこかへ吹き飛んでしまった。

◇◇◇

「お父様、本当に公爵様がこの手紙を？」

何故か屋敷の客間に通された私は、お父様が持ってきた手紙入りの筒を見てびっくりしてしまった。その筒が、まるで王家から賜《たまわ》る叙勲の書状でも入っていそうなくらいに豪華なものだったからだ。宝石までちりばめられていて、これだけでもかなりの価値があるに違いない。

「七日前、ガルブレイス公爵家の紋章を掲げた、炎鷲《ほむらわし》に乗った使者がやってきたのだ。私は心臓が止まるかと思ったぞ」

「炎鷲⁉　お父様だけずるいです。私も見たかったのに」

炎鷲は、灼熱《しゃくねつ》の真紅の翼と飾り尾が美しい大型の魔鳥だ。寒冷地のマーシャルレイドには棲息していないので、私はまだ実物を見たことがなかった。

「それは見事な翼だったぞ……ではない！　メルフィ、遊宴会で公爵閣下と何があったのだ？」

「もう、お父様。何度聞かれても同じです。狂化した魔獣に襲われたところを、公爵様に助けていただいただけです。ドレスが汚れてしまったから、公爵様が王妃様に話を通してくださって、ドレスを貸していただいたの」

それは先ほどから何度も何度も聞かれていて、私は一向に信じてくれないお父様に焦れていた。

「そもそも何故王家主催の遊宴会に狂化した魔獣が現れるのだ」

「森林に魔獣がいるのは普通のことです」

「お、お前が、その、食べようとか考えて……魔獣を怒らせたのではないのだな？」

そう言われた私は、顎をつんと反らしてお父様に冷たい視線を送った。

（酷い。いくら私でも、遊宴会でそんな非常識なことをするわけがないのに）

すると一転、お父様は心配そうな顔をして、私の手に手紙の筒を握らせてくる。

「すまない、メルフィ。私が言い過ぎた」

「いくらなんでも、狂化したバックホーンを仕留めるのは、私一人では無理です」

「そうだな……わかってはいるんだ。しかし、お前と公爵閣下には、生まれてから今まで何の接点もないではないか」

その唯一の接点が、とんでもなく濃い内容だったことは、お父様には内緒にしておこう。魔物食談義とか、スカッツビットの干し肉を差し上げてしまっただとか、色々あったのだけれど。これをお父様に告げてしまったら、益々話がこじれそうな気がした。

「お手紙を読んでもいいですか？」

「ああ、そうだった。お前も確認しておいてくれ。冗談ではなく『狂血公爵』閣下に魅入られるなど、何かの間違いであってほしいよ」

私は筒を開き、その中身を確認した。上質な紙にはガルブレイス公爵家の透かし彫りが入っている。恐る恐る開いた手紙には、季節の挨拶などの文章の後に、確かに、

『御息女、メルフィエラ殿に婚約を申し入れる』

と書いてあった。

（本当に婚約って書いてある）

私は何度も何度も目を通す。短い文章だけれど、何度読んでもまごうかたなき求婚の申し入れだ。

（どこまで本気なの？　私、公爵様に騙《だま》されてるの？）

私が悪食令嬢と知り、何を思ってこの手紙を書いたのだろう。

（読めない、行間がまったく読めない）

『先日の遊宴会にて、御息女とは有意義な刻を過ごすことができた』とも書いてあるのだけれど、その有意義な短い時間の中で婚約まで考えつくとは、いかにも何か裏がありそうではないか。

「メルフィ、遊宴会で公爵閣下と揉《も》めたりだとかはないんだな？」

手紙から顔を上げると、心配そうなお父様の顔があった。

「公爵様からは、本当によくしていただいたのです。とても凛々《りり》しくお優しい方でした」

公爵様が一般騎士であったらと思えるくらいに素敵な人だった。もう少しお話ができたらと、淡い期待を抱いてしまうくらいに。

「公爵家からの正式な申し入れを断るには、それ相応の理由が必要だ。これ以上お待たせすることはできない。とりあえず返事を出そう」

お父様の深い溜め息が、静かな客間に広がる。

そのままお父様がノロノロとした重い足取りで部屋を後にすると、私は詰めていた息を吐き出した。そしてもう一度手紙を見てから、丁寧に筒に戻した。

◆　◆　◆

「なるほど。獣狩りに興じていた者たちが、うっかり森の奥まで行き、魔獣の縄張りに入ってしまったんだね」

その男は豪奢《ごうしゃ》な金色の髪を揺らし、上質な革の寝椅子でくつろいでいた。男は俺の報告をひと通り聞いて頷くと、近くに寄れというように手招きする。

ここはラングディアス王国の第二十九代国王、マクシム・ド・リヴァストール・ミルド・ラングディアスの天幕で、俺はメルフィエラを見送った後、狂化した魔獣の件の報告に来ていた。

近寄るとろくなことがないので、俺はその手招きを無視する。

「その阿呆《あほう》共はモントロン男爵の一派です。うっかりだかどうだか。それにただの魔獣であればよかったのですが。あれはずいぶんと魔毒を溜め込んでいたようです。それでも怪我人死人も出ず、俺の務めも無事果たせました」

「ふうん、モントロン男爵ね。感謝しているよ、公爵。君がいてくれるから、僕はこうして呑気《のんき》にしていられる」

「陛下、俺は当たり前のことをこなしたまでです」

ガルブレイスの名を受け継いだ時から、俺のすべては陛下の、ラングディアス王国のためにあった。それが俺に与えられた責務であり、俺が生きている限りこれからも変わらないものだ。

そんな俺の返事が気に入らないのか、陛下はムッとした顔になる。

「ねえ、アリスティ、ィ、ィ、ィード」

「なんですか、陛下」

「陛下だなんてよそよそしい。昔のように『マクシム兄様』って呼んでくれてもいいんだよ？」

「断る！」

陛下の揶揄《からか》いを含んだ顔を見た俺は、即座に断った。


俺と陛下は実の兄弟だ。しかし十七年前、陛下が立太子された時、俺は臣下に降《くだ》り、ガルブレイス公爵家の養子として迎えられた。そう、陛下とは兄弟ではあるが、俺は養子に入ったその時から、陛下のことを兄と呼ぶことをやめたのだ。国が抱える特別な事情があっただけで、別に俺たちの間に禍根はない。しかし、けじめはつけておくべきだと思うのだが、この兄は俺のそんな主張を真面目に考えたことはなかった。

「やれやれ、わかったよ。この頑固者。それで公爵、その手に持っているものは何だい？」

目敏《めざと》い陛下は、俺がさりげなく後ろ手に隠し持っていた籠を見つけたようだ。さっさと報告だけして戻るつもりだったが、どうやらすんなりと解放してくれる気はないらしい。

「何でもありません。陛下はお気になさらず宴を楽しまれてください」

「ふーん。そんなに僕に教えたくないんだ？」

「俺からの報告は以上です」

「いいのかなぁ？　お兄ちゃんは可愛い弟のことなら何でも知ってるんだよね……例えば、赤毛のあ、あ、あの娘とか」

綺麗な顔に綺麗な笑みをたたえた陛下が、長椅子から立ち上がる。俺は籠を死守するため、陛下から素早く距離を取った。

「それ、君が助けた娘から貰《もら》ったものだろう？」

「陛下には関係ありません」

「なんだかいい匂いがするなぁ」

「陛下！」

素早い身のこなしで俺の背後に回った陛下が、籠の中に手を突っ込む。

「へぇ、干し肉か。なんとも美味しそうじゃないか」

「ばっ、やめろ！」

「アリスティードのけちんぼ。あ、これ、美味いな」

俺が慌てて陛下の手を摑んだ時には、既に遅かった。陛下は干し肉を咀嚼《そしゃく》し、子供のように顔を輝かせる。俺が言えた義理ではないが、毒見はどうした毒見は。

「これは何の干し肉だい？」

三十過ぎとは思えない陛下の子供じみた悪戯《いたずら》に、俺は溜め息をつく。

「……はぁ、絶対に口外しないでくださいよ」

「うんうん、しないしない。お兄ちゃんは約束は守る男だ」

「スカッツビットの干し肉だそうです」

「トゲトゲ魔獣か！　これは三ツ星の牛より美味しいぞ」

俺が渋々ながら干し肉の正体を告げると、陛下は益々興味を持ってしまった。

（三ツ星の牛とは言い過ぎ……でもないか）

この干し肉は旨味成分が豊富に含まれているのか、噛めば噛むほど香ばしい味が口いっぱいに広がるのだ。王都の牧場で飼育されている食肉用の牛肉よりも、正直言って旨味が強い。

「これも『悪食令嬢』が作ったものかい？」

「メルフィエラ・マーシャルレイドです。本人からはそう聞いています。南の香辛料を参考にしたそうです」

メルフィエラのことを『悪食令嬢』と言った陛下に、俺は思わずムッとしてしまった。いくら陛下とはいえ、あの娘に対してそんな不名誉な二つ名を使ってほしくはない。

「なるほど。彼女の悪食は、ただの下手物趣味とは違うようだね。それで、どうだい？」

陛下が笑みを浮かべて俺を見る。これは……嫌な予感がする。またいつものお節介が始まる合図だ。

「どうもこうも。陛下にはご関係のない話かと」

俺はさも興味なさそうに聞こえるように答えたが、陛下は納得できなかったようだ。

「関係ある話だよ！　君が関係ないただの令嬢を庇うわけがない。君のところの優秀な補佐官を使って僕の妃《きさき》にドレスまで借りた挙げ句、仲良さげに談笑していたとなればなおさらだよね」

「ケイオスが優秀なのはいつものことです。あいにく俺はドレスなど持ち合わせておりませんので。それに、別に談笑など」

「マーシャルレイド伯爵家の赤毛ちゃん、えーっと、メルフィエラちゃんは、失礼ながらまだ婚約者もいないって話だし」

（ほらきた）

このところ陛下は、俺に会うたびに妙齢の女性を勧めてくるのだ。別に嫁がいないことに困ってはいないので、いつもは適当に流しているのだが、メルフィエラに目を止められたのは厄介だ。

『狂血公爵』という不名誉極まりない二つ名のせいか、俺には縁談などほぼ来ない。別に来ないことを嘆いているわけではないが、夜会の席で貴族の令嬢たちから卒倒されることもしばしばある。常に血に塗れているわけではないのだが、どうやら彼女たちには俺がそういう姿で見えているらしい。

「君だっていつまで僕を待たせるんだい？」

「待たせているつもりなど」

公爵という爵位はあるものの、ガルブレイス家は婚姻を結び血族を遺さなくていいという特殊な貴族であることを忘れているはずがない。しかし陛下は、それでは駄目だと言う。

「北のマーシャルレイドだろう？　あそこは伯爵家だけど、いいじゃないか」

「お飾りの妻など不要です」

「魔物を恐れず、君のことも恐れない令嬢なんて、まるで第三十六代ガルブレイス女公爵みたいじゃないか。ねえ、アリスティード。あの娘ともっとよく知り合いなよ。趣味も合うみたいだし、初対面で意気投合できるなんてそうそうないよ？　ようやく君のお眼鏡に適った、貴重な娘なんだからさ」

「ちっ」

俺は、隠しもせず聞こえるように舌打ちをした。それでも陛下のにやにや笑いはおさまらない。

（誰だ、俺とメルフィエラのやり取りを覗《のぞ》き見た挙げ句、陛下に面白おかしく伝えた奴は！）

どうせ、陛下に取り入りたい貴族たちの仕業なのだろうが、好き勝手あれこれ言われる筋合いはない。スカッツビットの干し肉のことについては、俺を迎えに来ていた貴族騎士の誰かだ。

（くそっ、見つけ出して口封じをしてやる）

俺が噂されるのは構わないが、今回はメルフィエラがかかわっている。彼女に迷惑がかかることだけは阻止しなければならない。

ちなみに、第三十六代ガルブレイス女公爵とは、第三十五代公爵の妻にして夫亡き後自ら陣頭指揮を執って魔物を屠った女傑のことだ。城に飾ってある肖像画は、どこぞの軍神のように逞《たくま》しい身体をしている。

俺はメルフィエラの可憐《かれん》で可愛らしい姿を思い浮かべ、まったく違うと否定しようとして思い直す。魔物を捌き、食し、血に汚れることを厭わず、俺の『首落とし』を教えてほしいとまで言ってきた娘。狂化したバックホーンを前にして誰かを守ろうとするその気概は、案外女公爵に似ているのかもしれない。

「陛下、俺はこれから待機に入ります。明日以降の狩りは中止にしてください」

これ以上話をしていては、陛下の思う壺《つぼ》だ。そう考えて俺は話を打ち切る。

「はいはい、まったく君は冗談が通じないんだから。狩りは中止に。君は待機。あ、こら、アリスティード。まだ話は」

俺は呼び止める陛下を無視して天幕を出た。まったく、お節介な兄を持つと、弟は苦労する。

(だが、陛下の言う通りなのかもしれんな)

俺はもう一度メルフィエラの姿を思い浮かべる。赤く燃えるような髪をした彼女が、まさかあの悪食令嬢と噂のマーシャルレイド伯爵の娘だったとは。

白い頬に飛び散った魔獣の血がやけに映え、俺は何故かそれを美しいと思った。こぼれ落ちそうなくらいに大きな緑の瞳で見つめられると、妙に気分が高揚した。その華奢な身体のどこに、逃げ遅れた老夫婦を助けようとする豪胆な心があったのか。魔獣を恐れることなく、返り血を浴びてすら美しい娘に、俺は一瞬で目を奪われてしまったのだ。

「閣下」

陛下の天幕から少し離れた場所で、ケイオスが数人の部下を連れて待ち構えていた。

ケイオスはガルブレイス公爵家というより、俺に忠誠を誓った騎士だ。家令の仕事までこなす有能な男で、補佐官としてのケイオスを俺は誰よりも頼りにしていた。

「バックホーンの棲家《すみか》は制圧済みです。狂化したのはあの一頭だけだったようですね」

「皆、ご苦労だった。念のため、陛下には明日以降の狩りを中止にしていただいた。宴《うたげ》が終わるまで待機に入るぞ」

「あと三日もですか。あのご令嬢は、明日以降の遊宴会にも出席しますでしょうか？」

何か言いたげな顔のケイオスに、俺は、「こいつもか」とあきれ返る。陛下といいケイオスといい、何故そっちの方向に話を持っていくのか。他に興味のある話題はないのか、暇人共め。

「さあな」

俺は素っ気なく返す。

多分、メルフィエラは出席しない。王都に戻り、そのまま領地に帰るはずだ。彼女は俺が土産を持っていくと言ったことを本気にしてはいなかった。普通ではない出会い方をして、散々な目に遭ったばかりなのだ。きっと彼女は、俺が社交辞令を言っているのだと、そう思っていそうだ。

それよりも俺は、別れ際の彼女の様子が妙に気になっていた。あの緑の瞳に浮かんだ涙は、本物の涙に間違いない。哀しげな笑みを顔に貼り付けた『悪食令嬢』の彼女が、何を考えていたのか。

同じような境遇にある『狂血公爵』の俺には理解できた。

「あーあ、閣下……もうこんなに食べてしまって」

ケイオスが、俺が提げていた籠の中身を覗いて残念そうな声を上げる。

「ふん。お前はおもいっきり警戒していただろうが。魔獣を食べるのは反対ではなかったのか？」

普通の者であれば、魔獣の肉など食べたりはしないし、嫌厭《けんえん》する。ケイオスもご多分に漏れず、メルフィエラのことを胡散臭げに見ていた。彼女が伯爵家の令嬢でなければ、ケイオスは速攻で排除していたかもしれない。

「それはそうですが……ご令嬢には失礼なことをしてしまったと、反省しております。思い返せば、我々も魔獣を食べ、飢えを凌《しの》ぐこともありました。偏見を持っていた自分が恥ずかしい」

殊勝にも項垂《うなだ》れたケイオスの言葉に、俺はふんと鼻を鳴らす。そう、俺もケイオスも、後ろからついてくる部下も、皆魔獣の肉を食べたことがあるのだ。

広大なガルブレイス領には、魔物が湧《わ》いて出てくる大森林があった。エルゼニエ大森林と呼ばれる場所には、様々な魔物が棲息している。俺たちはその魔物が国中に散っていかないように、定期的に討伐する役目を担っているのだ。

長期討伐ともなると、最後の方には食料も尽き、その日の食べ物を狩らなければならない。どうしようもなくなって、最終手段として魔獣を食べるのだが……まあ、あれだ。メルフィエラ曰《いわ》く『下処理』とやらをしていないせいで、だいたいにおいて体調が思わしくなくなる。満腹感を得られる反面、時間差で酷い目に遭うのだ。だからケイオスは、魔物を嬉々《きき》として食べるというメルフィエラを疑心暗鬼の目で見ていたのだろう。

「ということで、閣下。これは私がいただきます」

もの思いに耽《ふけ》っていた俺の隙をつき、ケイオスが籠の中身をごそりと摑み取る。騎士としても優秀なケイオスは、その手いっぱいに干し肉を握っていた。

「おい、勝手に取るな！」

「これは成分の分析用です」

「おいっ、言ったそばから口の中に入れるな！」

「ほへはわはひほふんへふ」

「ケイオス！」

ケイオスが口に入れた干し肉を堪能するように咀嚼する。そして名残り惜しげにゆっくりと嚥下《えんか》した。

「閣下、マーシャルレイド伯爵家に行く時は私もついて行きますから、あしからず」

「誰が連れて行くか！」

「閣下だけでは不安です。メルフィエラ様はお喜びになられると思いますが、『狂血公爵』がいきなり訪ねてきては、きっとお父上である伯爵は腰を抜かしてしまいますよ」

スカッツビットの干し肉を布袋に入れたケイオスが、すました顔で俺を見てくる。

（なんだこの手のひらの返しようは。メルフィエラと約束したのは俺だ。絶対に、このしたり顔のお節介を連れてなど行くものか！）

そうは思うものの、今までの人生の中で年頃の令嬢の家に行くなどしたこともない。

いつだったか、夜会の折に陛下に命令されて、適当な令嬢をダンスに誘おうとしたことはあった。だが、視線を向けただけで令嬢にぶるぶると震えられてしまい、しまいには付添人であったその兄が額を床にこすりつけて謝罪するというなんとも言えない結果になってしまった。それ以来、できる限り夜会に出席することは避けている。

（俺には難易度が高すぎるだろう）

さらに、遊宴会が無事に終了した直後に陛下から呼び出された俺は、メルフィエラやマーシャルレイド伯爵家に関する調査書を手渡された。もちろん「可愛いアリスティードの良縁のために、お兄ちゃんは頑張ったんだよ？」というありがたくもなんともないお言葉付きだ。

（ちっ、どこまでお節介なんだ！）

俺はすぐに調査書を燃やそうとして、書類の中に交じっていたメルフィエラの肖像画に目を止めた。どうやら、他の貴族宛に送られた釣書から拝借してきたもののようだ。

肖像画の中のメルフィエラは、少し寂しそうな微笑を浮かべている。その顔が、別れ際に目に涙を滲ませていた彼女そのもので。

（……俺であれば、こんな顔をさせない）

メルフィエラには笑顔が似合う。遊宴会ではあんなに生き生きとしていたのに。マーシャルレイドの領地では、このように哀しい顔で過ごしているのだろうか。

そう思うと、胸の奥がツキリと痛む。

（笑っていてほしいと、俺が願うのはおかしなことか？）

俺は燃やすのを思い直すと、夜を徹して調査書を隅から隅まで読むことにしたのだった。

久しぶりにゆっくりと湯浴みをした私は、寝台に座ると筒を開けて中の手紙を取り出す。旅の疲れなど、この手紙の前では些細《ささい》なことだ。

（ガルブレイス公爵様……アリスティード・ロジェ・ド・ガルブレイス……素敵な響きのお名前ね）

手紙を胸に目を閉じれば、あの美しい金色の双眸《そうぼう》がよみがえる。鮮やかなほどの一閃《いっせん》も、バックホーンの首が落ちる瞬間も、つい先ほどのことのように思い出せた。

（公爵様も、私と同じようにお相手を探していらしたのですか？）

公爵様の婚約事情なんて知らないけれど、私はどうしても、公爵様ほどの地位があって容姿端麗な方が、私などを婚約者に選ぶ理由が思いつかなかった。お父様の言うとおり、生まれてから今まで、私と公爵様に接点などない。私たちの間にあるのは、『魔物食』という話題だけだろう。

（そうね、やっぱり魔物食しかないわ）

と、私は一度否定した考えを採用することにした。

（真面目な公爵様は、魔物を食べてみたいという願いを相談できる相手がおられなかったのよ）

公爵様ともなれば、忌避される魔物食を大っぴらに食べたいだなんて言えなかったに違いない。

そんなささやかで密《ひそ》かな願望を叶《かな》えることができるのが、たまたま私だったというわけだ。

そう考えるととてもしっくりする。公爵様を支える立場であろうケイオスさんも、スカッツビットの干し肉には難色を示していたではないか。

（わかります、公爵様。誰も相談相手がいないその虚しさ。私であれば、隠すことなくなんでも言ってくださって構いません。同じ悩みを抱える者同士、心置きなく楽しい魔物食談義を致しましょう）

ようやく合点がいった私は、胸のつかえが取れてスッキリした。そして、魔物食を語り合う仲間ができたことが嬉《うれ》しくなって、何度となく読み返した手紙を声に出して読んでいく。

「ジスラン・デュ＝トル・マーシャルレイド伯爵殿。そちらは北の女神の歌声が届く季節だろうか。秋の実り豊かな季節に貴殿の最愛たる御息女と出会えたことは、私にとって生涯の豊穣《ほうじょう》を約束されたものと同義である。先日の遊宴会にて、御息女とは有意義な刻《とき》を過ごすことができた。この縁が、ガルブレイス公爵家とマーシャルレイド伯爵家に、さらなる実りをもたらさんことを願う。私、アリスティード・ロジェ・ド・ガルブレイスは、御息女、メルフィエラ殿に婚約を申し入れる……あら？」

公爵様の名前に差し掛かったところで、手紙の端がキラキラと輝き始め、何かの模様が滲《にじ》み出てきた。どうやら魔法がかかった手紙だったようで、手紙の下の空白になっていた部分に公爵家の紋章が浮かび上がる。そして、私の目の前でパッと金色の光が弾け飛んだ。

「まあ……まあ！　何ということなの⁉」

金色の美しい文字が、魔法により真っ白な手紙の上に綴《つづ》られていく。私はそれを目で追い、いかにも公爵様らしい文面を見て自然と口元がほころんだ。婚約の許しを請う文面とは違い、実にあの時出会った公爵様らしく、親しみの持てる内容だった。

（ふふふっ、私の予想どおりだった！　でも大変、お父様にお伝えしなくては）

壁に掛かっている刻標《ときしるべ》を見れば、まだ夜零刻を回ったばかりだ。書斎でお酒を嗜《たしな》んだお父様は、そろそろ寝室に戻って就寝する時刻だろう。こうしてはいられない。私は肩掛けを摑《つか》むと、手紙を筒に戻してお父様の書斎へと駆け出した。

◇◇◇

本邸のお父様の書斎からは、小さな明かりが漏れていた。よかった、お父様はまだ起きている。

私は扉を数回叩《たた》くと、「お父様？」と呼びかける。

「ん、何があった、メルフィ？」

すぐにお父様が扉を開けてくれて、私は部屋の中に滑り込んだ。

「お父様、おやすみになる前に見てほしいものがあるの」

「なんだい、また研究かな？」

お酒が入っているお父様は、少し目がとろんとしている。口調も、いつもよりのんびりしていた。

「今日は研究ではないの。実は、公爵様のお手紙に追伸があって……」

「公爵閣下」と呟《つぶや》いたお父様の顔が、見る見るうちに真剣になっていく。

「公爵閣下が、なんだって⁉　メルフィ、追伸とは、何のことだね？」

私は筒を開けると、手紙を取り出してお父様に手渡した。

「読んで、お父様。つい先ほど私が手紙を読み返していると、魔法で追伸が浮かび上がってきたの」

お父様は目をしぱしぱと瞬かせると、書斎机に駆け寄って眼鏡を取り出した。それから急いで、手紙の追伸を読み始める。

「親愛なるメルフィエラ。お前が宴《うたげ》を辞した後、私はつまらない時間を過ごす羽目になってしまったぞ。どうしてくれるんだ。あの干し肉も意地悪な部下に食べられてしまったし、散々だった。聞けば、マーシャルレイド領はもう雪が降っているらしいな。本格的な冬が到来する前にそちらに行く。天狼《てんろう》の月十八日を楽しみにしていろ――アリスティード・ロジェ・ド・ガルブレイス……天狼の月、十八日？」

お父様が、暦表を確認して、それから刻標に目を移した。手紙を掴む手が、小刻みに震えている。

「なんだって？　十八日は、今日ではないか、今日ではないかっ⁉」

公爵様の追伸を声に出して読んだお父様が、絶叫しながら頭を抱えて唸《うな》りはじめた。私はお父様の慌て具合を見て、少しだけ可哀想になる。この手紙は、私が触れて公爵様の名前を読み上げることで魔法が発動するようになっていたようだ。確認してよかった。もし私がしつこく読み返さなければ、いきなりやって来た公爵様を見たお父様が卒倒してしまっていたかもしれない。

「大変だ、ヘルマン、ヘルマン！」

お父様が執事のヘルマンを呼ぶと、近くに待機していたヘルマンが血相を変えて入ってきた。

「ははは い、旦那様、ヘルマンはここに！」

「ガガガガルブレイス、ここ公爵閣下がここにおいでになる。準備だ、総動員で準備せよ！　あ、あ、お付きの者は何人くらい来られるのか……十人、いや二十人くらいか？」

「だだ、旦那様。あの『狂血公爵』様が訪ねて来られるのは、まさか今日でございますか？」

「そうだ。今日だ、天狼の月十八日だ！　手紙にはそう書いてある！」

夜中だというのに、ヘルマンが屋敷中の使用人たちを集めるため、夜番の騎士たちまで使って指示を出す。その間にも、お父様は公爵様がお泊まりする部屋やお付きの人たちの部屋、乗ってくる騎獣の房が足りるかなど、様々なことをそこら辺にあった紙に書き出していく。

「幸い冬支度が終わったばかりだ。夜明けまでには準備を整えねば！　後はシーリアにも」

「お父様、私も手伝います」

私も居ても立ってもいられず、お父様の側に駆け寄る。公爵様は私を訪ねて来てくださるのだ。何か自分に出来ることはないだろうか。

「ありがとうメルフィエラ。だが、お前は部屋に戻り、きちんと寝なさい。支度は明日だ」

「お父様、でも」

「シーリアにはまだ手紙のことは伏せていたんだ。もう寝ているだろうから、明日朝にきちんと事情を説明するよ」

お父様が申し訳なさそうな顔をしたので、私は素直に従うことにした。シーリア様はお父様の後妻だ。そして、この家の女主人でもある。お父様は私が帰って来て、真偽がはっきりするまでシーリア様に伝える気はなかったらしい。確かに、婚約を申し込んで来たのがまさか公爵様だなんて、信じられるわけがない。

「身支度はシーリアが得意だろう。指示があるまで、ゆっくりしておきなさい」

「わかりました。部屋に戻ります」

いくら私が先妻との間に生まれた娘だからといって、マーシャルレイド家の現女主人に逆らうことはできない。お父様やヘルマンたちは右往左往して大慌てだったので、私は離れにある自室へ戻ることにした。とりあえず、自分の準備くらいはしておかないと。シーリア様と顔を合わせるのは気まずいけれど。でも……このまま本当に公爵様が求婚してくだされば、シーリア様のお望み通り婚約くらいはできそうだ。長い婚約期間の間に何があるのかわからないので、失敗したらその時は覚悟を決めよう。

（それにしても公爵様は、本当に私に求婚なさるおつもりかしら？）

こっそり魔物食を食べたいのであれば、なにも婚約などしなくてもどうとでもなる。それに、私の婚約者探しの事情は一切話しておらず、公爵様は私が婚約者を見つけることができなければ修道院に行かなければならないことなど知らないはずだ。

私が社交界にデビューしてから三年、未《いま》だ婚約すら整っていないことは調べたらすぐにわかるだろうけれど。なにせ悪食で、魔物まで食べてしまうのだし。それ以外に、公爵様は私のどこを気に入ってくださったのだろうか。

（公爵様のためであれば、いつでも魔物の下処理を請け負うのに。求婚までしていただかなくても）

しばらく不在にしていたけれど、自室の中は相変わらず紙とインクの匂いがした。私は寝台の端に座ってグッと伸びをすると、枕元に置いてあるお母様の肖像画を指でなぞる。

「ねえ、お母様。私、ガルブレイス公爵様から求婚されているみたいなの。びっくりでしょう？」

七歳の私とお母様の肖像画は、私たち母娘の最後の思い出だ。この絵を描いてもらった後、完成を待つことなく他界してしまったお母様。私の燃えるような赤い髪と緑の目は、お母様から受け継いだ大切な宝物だった。

「公爵様は、魔物食を、私の研究を認めてくださるでしょうか」

この厳しい寒さの痩せた土地で、領民が豊かに暮らすにはどうすればいいのか。いつもそんなことを考えていたお母様の研究の成果を、私が世の中に認めさせてみせる。たとえ時間がかかろうとも、必ず……。

（そのためには、とびきり美味《おい》しい魔物を……お出ししなくては……）

いつしか、私の意識は眠りの中へと引き込まれていった。

◇　◇　◇

「メルフィエラさん！」

温かい毛布にくるまっていた私は、シーリア様の金切り声で飛び起きた。すっかり寝てしまっていたようで、私は慌てて見苦しくないように毛布を畳む。窓の外はすっかり明るくなっていて、刻標を見れば、もうすぐ九刻になろうかとしていた。

（いけない、大寝坊だ！）

「メルフィエラさん！」

「は、はいっ！」

イライラとした声で私の名前を呼び、シーリア様がズカズカと部屋に入って来た。

「まだ着替えていなかったのですね」

シーリア様が私を見て片眉を上げる。美しい金髪を高く結い、高価な青いドレスに身を包んだシーリア様は迫力のある美女だ。

「シーリア様のご指示を待っておりました」

「あらそう。まあいいわ……コラリー、モニク、すぐにメルフィエラさんの支度を。せいぜい見栄えがするようにしてあげなさい」

シーリア様の背後に控えていた侍女たちが、私の衣装棚を漁り始める。

私は決して、シーリア様のことを『母』とは呼べない。それは私が言いたくないのではなく、シーリア様が私から母と呼ばれることを嫌っているからだ。「魔物を食べるような娘など娘と認めない」と直接言われたので、私たちはよそよそしい関係のまま今までやってきた。

二人の侍女が、私の頭から明るい緑色のドレスを被《かぶ》せる。これは、婚約者を探すために新調したドレスの一枚だ。まだ袖を通したことはなかったけれど、裾が広がっていないまあまあ落ち着いた感じの無難なドレスだった。その様子を眺めていたシーリア様が、ふんと鼻を鳴らす。

「婚約者を見つけて来なさいとは申しましたけれど、なりふり構わないのですね。ああ、貴族としてみっともない。いくら格式の高い公爵家といえども、血を求め闘いに興じる『狂血公爵』など……」

『ギュァァァァァァァァァァァァァァァ!!』

その時、屋敷の外から魔獣の鋭い鳴き声が聞こえた。窓硝子《まどガラス》がビリビリと振動し、恐怖に顔を痙攣《ひきつ》らせたシーリア様とその侍女たちが耳を塞いでしゃがみ込む。魔獣は何頭もいるようで、まさに大合唱だ。しかも上空を旋回しているらしい。

私は窓を開けると、身を乗り出して上を向く。

「まあ、グレッシェルドラゴンの群れだわ！」

そこにいたのは、十頭以上のグレッシェルドラゴンの群れだった。マーシャルレイド領には棲息《せいそく》していない種で、グレッシェルドラゴンモドキではなく、本当に本物のドラゴン。

シーリア様はドラゴンたちの鳴き声に恐れおののき、腰を抜かしてしまっている。

「メ、メルフィエラさん、窓を、窓を閉めなさい！」

シーリア様が手にした扇子で窓を指し示した。でも、グレッシェルドラゴンは飛び回るだけで、攻撃を仕掛けてくる気配はない。私は目を凝らして、ドラゴンに騎乗している人影を見る。

「お待ちになって、シーリア様。あれは……まあ、ガルブレイス公爵様!!」

私が見つけると同時に、一際立派なドラゴンに跨《また》る人物が目敏《めざと》くも私の姿を認めたようだ。一気に滑降してきたかと思ったら、すぐ目の前でドラゴンを羽ばたかせる。

「メルフィエラ、手紙は読んだか？　お前に妻問いをしに来たぞ！　もちろん、約束の土産もある！」

公爵様の灰色の髪が、陽の光に反射して銀色に輝いている。相変わらず鋭い琥珀色《こはくいろ》の目が、私を見て金色に燃え上がり、優しく孤を描いた。

真紅の外套《がいとう》をはためかせたガルブレイス公爵様は、どうやら本気で私に婚約を申し込みに来られたようだ。

ドラゴンが羽ばたく度に風が舞い、開けた窓が壁に打ち付けられてガンガンと鳴る。私の髪もすごい勢いで煽《あお》られているから、きっとボサボサの大惨事になっているだろう。それでも公爵様が来てくださったことが嬉しくて、私は淑女のなんたるかを放り投げて大声を出した。

「公爵様！　ドラゴンたちは、屋敷の北側に見える牧場に、降ろしてください！」

「そちらの家畜たちは大丈夫なのか⁉」

「冬場は、別の牧場に移していますから！」

「わかった！」

「私もすぐに行きます！」

手を軽く上げて合図をした公爵様とドラゴンが、上空の群れの中へ戻っていく。

（どうしよう。公爵様が、凄《すご》く格好いい）

ドラゴンの色は黒鉄色で渋いから、公爵様の真紅の外套がよく映える。ドラゴンに騎乗する騎士を何度か見たことはあるけれど、公爵様はその誰よりも堂々としていて、そして凜々《りり》しかった。

それにしてもグレッシェルドラゴンなんて、私は実物を見るのは初めてだ。お父様が見たという炎鷲《ほむらわし》も見たかったけれど、あれは寒冷地に弱いから乗っては来られなかったのかもしれない。

（あら、あのドラゴンたちは何をぶら下げているの？）

北の牧場に移動していくドラゴンのうち、二頭が何か重そうなものを提げていた。布のようなものでぐるぐる巻きにされているからか、何なのかよくわからない。まさか、あれが例の『お土産』なのだろうか。

「さあ、急がなくちゃ！」

私は着替えたばかりのドレスを脱ぐと、衣装棚から普段着ている作業用のドレスを取り出して素早く身につける。

「メ、メル、メルフィエラさん、どこへ行くのですかっ⁉」

窓を閉めた私は、公爵様たちを出迎えるため部屋から出ようと振り返る。しかしそこで、まだ腰を抜かしたままのシーリア様が私を呼び止めた。侍女たちもしきりと外を気にしている。

「公爵様をお出迎えしませんと。シーリア様も、さあ早く」

私は手を差し伸べ、シーリア様を誘う。ここの女主人はシーリア様なのだから、お父様の隣に立ってもらわなければ。

「い、嫌ですわ！　わ、私は具合がよろしくありません。旦那様にはそうお伝えして。いいですわね、メルフィエラさん。私は今から、療養いたします！」

「でも、公爵様は私との婚約を申し込みに」

「そんなもの、旦那様がお認めなされば成立するでしょう！」

シーリア様は、癇癪《かんしゃく》を起こしたように高い声で喚《わめ》いた。確かにお父様が家長だからシーリア様の言うことは正しい。でも、マーシャルレイド伯爵夫人として、それはあまり褒められたものではない。

「いきなりドラゴンで乗り入れて来るなんて、やはりガルブレイス公爵家の者は非常識極まりなく、野蛮で、恐ろしい者たちばかりですのね！　世間から『狂血公爵』と蔑まれる意味がわかりましたわ」

シーリア様のあまりの言い草に、私はお腹の底から怒りの感情がぐらぐらと沸き立ってきた。それは確かに、手紙にはドラゴンで来るとは書いていなかったけれど、野蛮だとか恐ろしいとか、公爵様に会ったこともないのによく言えるものだ。

ここで反論しても時間が無駄になるだけなので、私は言いたいことをグッと堪《こら》えて、一言だけ告げた。

「マ、マーシャ、い、い、い、い、い、い、い、い、ルレイド伯爵夫人。私は、公爵様の申し入れを喜んでお受けするつもりです」

公爵様は私に妻問いをしに来てくださったのだから、私はそれに誠意を込めてお応えしよう。公爵様は優しくて、私を軽蔑したりしない。きちんと私の事情を話せば、きっと受け入れてくださるはずだから。

◇◇◇

「お父様、公爵様が来られました！」

「やはりあのドラゴンは公爵家のドラゴンだったのだな」

「はい。上空からですが、公爵様にはもうお会いしました。北の牧場にドラゴンを降ろしていただきます。私は先にお出迎えに参りますので、お父様の軍馬をお貸しください」

屋敷を走り回って準備をしていたお父様を捕まえた私は、公爵様の到着を報告する。ちょうどマーシャルレイド家の騎士長も来ていて、あのドラゴンが敵ではないとわかるとホッとしたような顔になった。

「軍馬か。確かに相手がドラゴンでは普通の馬では近寄れないだろう。わかった、私も準備ができたらすぐに迎えに行く。シーリアは」

「お父様、あの……シーリア様は具合が悪いと……」

私がそう言うと、お父様はピンときたようだ。仕方ないというように溜め息をつく。

「そうか……公爵閣下には療養中だと説明しよう。私も直《す》ぐに馬車で向かう。それまで頼んだよ」

「はい、お父様！」

私は馬房に向かうと、厩番《うまやばん》にお父様の軍馬に鞍《くら》をつけるように命じる。ドラゴンの近くに行くには訓練された軍馬でないと、普通の馬だったらおびえてしまうのだ。私にはかなり大きい軍馬だけど、よく訓練されているから大丈夫だろう。

厩番が引いてきた軍馬の首を撫《な》で挨拶をすると、私は鞍に飛び乗り、そのまま北の牧場へ向かって駆けた。

丘を下り小さな雑木林を抜けると、そこに広がる牧場の中にグレッシェルドラゴンたちがいた。全部で十頭。どのドラゴンも立派で、長い首をもたげて私を見ている。警戒しているのではなく、見ているというところが、実に魔物の頂点に位置するドラゴン種らしい。

「公爵様！」

「やるな、メルフィエラ。軍馬で来るとは」

「準備不足で申し訳ありません。屋敷の中で私が一番身軽だったのです」

私は少し離れたところに軍馬を繋《つな》ぎ、公爵様の方へと早足で歩く。作業用のドレスに着替えてきてよかった。シーリア様のようなドレスでは、馬を駆るなんて無理だもの。公爵様も駆けて来てくださって、私は後五歩の距離で立ち止まると淑女の礼をした。

「その髪……まさか、お前は起きたばかりなのか⁉」

公爵様に見破られてしまい、恥ずかしくなった私は視線を逸《そ》らした。そういえば、髪を結う前だったことを思い出す。梳《と》かしていない私の髪はさぞかしボサボサなことだろう。

「あの、実は、昨日王都から帰宅したばかりなのです。でも大丈夫です」

私は、しまったという顔をした公爵様に、大丈夫だと微笑《ほほえ》みかける。私の髪よりも、公爵様たちを放置する方がよっぽど駄目な対応だもの。

公爵様の隣にはケイオスさんの姿もあった。私と目が合うとケイオスさんは笑みを浮かべ、恭しく腰を折って一礼する。

「マーシャルレイド伯爵家の御息女、メルフィエラ様。先日は大変失礼いたしました。私はガルブレイス公爵家で補佐官を務めております、ケイオス・ラフォルグと申します。私のことは是非ケイオスとお呼びください」

「ケイオスさん。あの、お腹は大丈夫でしたか？」

あの遊宴会の時、ケイオスさんは公爵様からスカッツビットの干し肉を口に押し込まれていた。体調を崩していないか、少し心配だったのだ。

「すこぶる元気です。残りの干し肉もたいそう美味でございました」

「まあ、食べてくださったのですね！」

私は素直に嬉しく思った。手紙に書いてあった部下とは、まさかケイオスさんのことだろうか。

「この度は突然の訪問で申し訳ありません。堪え性のないうちの閣下がとんだ暴挙を」

「おい」

「お手紙はきちんと父が確認しましたし、私も目を通させていただきました」

「普通は、伯爵様からの返事を待つものでしょう。それなのにうちの暴君は」

「おい」

「暴君だなんて。公爵様はこちらの季節事情をご心配してくださったのです。心温まる追伸にそうしたためてありました」

「あの追伸にはそんなことが書いてあったのですね。こちらに確認させてくれなかったので、気の利いた手紙など書けそうもない閣下が何を書いたのかと、ずっとヒヤヒヤしておりました」

「おい、ケイオス！」

公爵様はケイオスさんを威嚇するかのように名前を叫んだ。その顔は真っ赤になっていて、怒っているのか照れているのか判別がつかない。

「すまない、メルフィエラ。お前はもう少し早く戻っているかと思ったのだ」

「それが、途中で狂化魔獣に足止めされてしまったのです」

「狂化魔獣だと⁉　大丈夫だったのか」

「コルツ村の猟師たちが総出で仕留めました」

「ならばよかった」

公爵様がホッとしたような顔をして、私の髪に手を伸ばしてきた。

「ふわふわだな」

「何がですか？」

「い、いや……お前の髪は、ふわふわしているのだなと」

私の髪は癖っ毛なので、丁寧に梳かないとすぐに爆発してしまうのだ。少し恥ずかしかったけれど、公爵様はお気に召してくださっているようなのでよしとする。たとえその手つきが、何か愛玩用の小動物を撫でているかのようであったとしても。気にしない、気にしてはいけない。

「公爵様、まもなく父が迎えを寄越します。ですが、マーシャルレイド家にはドラゴンを扱える者がおりませんので……」

ひとしきり髪を撫でて満足したらしい公爵様に、私は困っていることを正直に告げた。

そう、大問題なのだ。冬が長いマーシャルレイド領では、ドラゴンを移動手段として使うことはない。だから、ここには世話ができる者がいない。

総じて、ドラゴン種は寒さに弱い魔物で、マーシャルレイド領ではあまりドラゴンを見かけることはない。しかし、数ある種類の中でもグレッシェルドラゴンは変わり種で、多少の寒さなら大丈夫ではあるものの……。

「心配ない。ここにいる半数の者はこのまま帰還する。残るのは、私とケイオス、ドラゴンの世話役の騎士三名だけだ」

「まあ、長い距離を遥々《はるばる》来てくださいましたのに、もうお戻りに？　せめて一日だけでも……父に狩猟の許可も取りますから、バルトッシュ山の裾野でドラゴンの羽を休めさせてくださいませ」

「いいのか？」

「もちろんです」

私が女主人であれば、わざわざ父の許可を待たずともよかったのに。それぞれの主人のいうことを聞いて大人しく待っているグレッシェルドラゴンたちも、さぞやお腹が空《す》いていることだろう。

「ああそうだ。土産をどこに運べばいい？」

公爵様が、布でぐるぐる巻きにされた巨大な何かを指し示す。やっぱりあれがお土産だったらしい。それにしてもなんという大きさなのだろうか。

「まさか、本当に、魔物……ですか？」

私の問いに、公爵様が得意げな顔をする。

（遊宴会で仰《おっしゃ》っていたアンダーブリック？　それともグレッシェルドラゴンモドキ？）

何にせよ、エルゼニエ大森林に棲息する魔物に違いない。私はわくわくする心を抑えきれず、公爵様に詰め寄った。

「公爵様、少しだけ、少しだけ見てもいいですか？」

「ああ、あれはお前のものだからな。いいぞ」

「動きませんけれど、既に下処理済みだったりしますか？」

「それは……確かめたらわかる」

公爵様の後について私はグレッシェルドラゴンの間を進む。同じ制服を着た騎士たちが、私に向かって騎士の礼をしてくれた。

騎士たちはドラゴンに騎乗する者特有の軽装だ。グレッシェルドラゴンの鱗《うろこ》の色に合わせた黒鉄の胸当てには、公爵家の紋章が彫り込んである。公爵様と違い外套の色は黒で、それはそれでとても格好よかった。

「ほら、メルフィエラ」

「あ、はい、ただいま」

余所見《よそみ》をしているうちに、公爵様がお土産の布の端をめくり上げてくれていた。私はいそいそと近づくと、布の中身を確認する。何の魔物だろう。ガルブレイス領はまだ秋の真っ盛りだから、きっと魔物も栄養満点で……。

(えっ、まさか、この角、この毛、この色は)

姿形は私が知っている種類であったけれど、その風格や色がまったく違う。思いがけない魔物の姿に、私はごくりと喉を鳴らす。

「……ロワイヤムードラー」

「流石《さすが》だな、メルフィエラ。そのとおり、ただのムードラーではなく、金毛のロワイヤムードラーだ。秋の味覚をたんまり食べて、脂もしっかりのっている」

「公爵様、このロワイヤムードラーを、私がいただいてもよろしいのですか?」

ムードラーは、二本の巻角と額の上にある鋭い剣角を持つ白い毛の魔獣だ。その大きさは食用牛よりも大きく、毛の量もかなり多い。縄張り意識が強く気性の荒い魔獣ではあるが、その美しい毛皮は珍重されていて、特に『金毛』を持つ個体を『ロワイヤムードラー』と呼んでいた。金色の毛は、高値で取り引きされているのだ。普通は毛皮だけを取り、肉は捨てられてしまうけれど、キノコや木の実しか食べない草食魔獣なので味はかなり期待できる。

「ああ、本当はアンダーブリックを狩りに行ったのだが、ひょっこりコイツが現れてな。生け捕りにするのは結構苦労したぞ？」

生け捕りと聞いて、私はもう少しだけ布をめくり上げると、迷わずロワイヤムードラーの首に手を当てた。温かく、そして確かな脈を感じる。

「本当、生きてる！　魔法で眠らせていたのですね……公爵様、ありがとうございます！　私、すごくすごく嬉しいです。ああ、まさかロワイヤムードラーだなんて。血抜きと一緒に魔力を抜けば、きっときっと、美味しくいただけます！」

私は興奮のあまり、騎士たちを前にして思わず口走る。

「ああ、どんなお肉なのかしら？　厚切り網焼き？　煮込み？　脂がのっているなら、やっぱり炙《あぶ》り？　部位によって色んなお料理が楽しめそう」

「炙りか！　それはかなりそそられるな」

「公爵様は炙りですね。ふふふ、腕が鳴ります」

私が公爵様と一緒にロワイヤムードラーを前にあれこれ妄想を広げていると、お父様が一等豪華な馬車で公爵様たちを迎えに来た。

お父様の上衣は華美さはないけれど、とても上品な紺色のものに着替えている。男の人はドレスを着なくてもいいから、こんな時は私たち女性よりも楽そうで羨ましい。

私はロワイヤムードラーから一旦離れると、お父様の背後におとなしく控えることにする。

「出迎えが遅くなり大変申し訳ありません。ガルブレイス公爵閣下、ようこそマーシャルレイド領へ。私が伯爵のジスラン・デュ＝トル・マーシャルレイドです」

お父様以下、出迎えに来ていたマーシャルレイドの騎士たちが最上級の敬礼をする。それに鷹揚《おうよう》に頷《うなず》いた公爵様が、ケイオスさんに手で合図を送る。すると、ガルブレイスの騎士たちも一列に並んで騎士の礼を取った。

「アリスティード・ロジェ・ド・ガルブレイスだ。無理は承知のうえで押し掛けてきたも同然のところをすまない。どうしても、本格的な冬が到来する前に返事が聞きたかったのだ」

堂々とした立ち振る舞いの公爵様からこんなことを言われては、お父様も何も言えない。魔獣を前にして私もついうっかり忘れていたけれど、公爵様は婚約を申し込みに来てくださったのだ。

貴族の婚姻はお互いの家の話でもあるので、これからお父様と公爵様で話し合いの場が設けられる。私はその話が終わるまでただひたすら待つしかない。だけどその前に――

「お父様、騎士様の半数がお帰りになられるのですって。お願い、ドラゴンたちのために、バルトッシュ山での狩猟の許可を出してほしいの」

グレッシェルドラゴンたちをこのまま放置しておくわけにもいかず、私は小さな声でお父様にお願いした。

「あの大きな布包みは騎竜たちの餌ではないのか？」

お父様はロワイヤムードラーが包まれた布に目を向ける。普通はそう思うだろう。でもあれは、公爵様から私へのお土産なので、正確には私の餌だ。

（どうしよう……遊宴会で公爵様と魔物食談義で盛り上がってしまったことを、今話しても大丈夫かな）

お父様は手紙の追伸を読んでいたのだし、説明すればわかってくれるかもしれない。どの道黙っているわけにもいかないので、私はお父様の目を見ないようにして、さりげなく伝えることにした。

「あの、お父様。あれは『お土産』です」

「土産？　手紙にあった、お前へのか？」

「ええ。遊宴会の時に公爵様がお約束してくださって、私のために、魔物……お土産を獲《と》ってきてくださいましたの」

お父様は驚愕《きょうがく》に目を見開き、私を見て、それから公爵様を見た。公爵様は私の趣味に対して興味がおありになるのだから、そんなに警戒しなくても大丈夫だと思う。

「そんな……公爵閣下は、お前の、その趣味のことを」

「はい、ご承知です。それに、私の『料理』をお召し上がりになりたいと、そう仰ってくださいました。だから研究棟の開放も」

「待ってくれメルフィ、少し整理したい」

お父様はだいぶ混乱しているようだ。

（ごめんなさい、お父様。私のせいで苦労をおかけします）

私の普通ではない趣味のせいで、お父様にはずいぶんと迷惑をかけてきた自覚はある。それを黙認し、私の好きなようにさせてくれたお父様には感謝しかない。

「マーシャルレイド伯爵」

私たちの話し声が聞こえていた公爵様が、お父様に向かって意味ありげな笑みを浮かべながら会話に加わってくる。

「私は御息女の事情をある程度理解はしているつもりだ。心ない噂話《うわさばなし》の件もな。それを踏まえての申し入れだ」

「そ、そうでございましたか。閣下は娘のことをそこまで……。わかりました。では、続きは屋敷の方で」

「ああ、そのことなのだがな」

公爵様は私に向かってパチリと片目を閉じてきて、親指を立ててくいっと自分の後方を指し示す。

「ミュラン、あれにかけた魔法の効果はあとどれくらいだ？」

「はっ！　持っても後二刻ほどかと」

「というわけだ、伯爵。土産が目覚める前になんとかしたい」

ミュランと呼ばれた短い金髪の騎士が、公爵様に敬礼の姿勢で答える。すぐさまグレッシェルドラゴンの元に踵《きびす》を返した騎士を見て、お父様が慌てて呼び止めた。

「お待ち下さい、公爵閣下！　まさかあの、魔物……お土産は、生きているのですか⁉」

「新鮮な方がいいと思って生け捕りにしてきたのだ。魔法で眠らせているだけで、効果が切れれば暴れるぞ。ミュラン、伯爵殿にお見せしろ」

公爵様に命じられたミュランさんが、布をめくって中を見せる。惚《ほ》れ惚《ぼ》れとするほどに立派な巻角と、見事な金毛に覆われたロワイヤムードラーが現れる。マーシャルレイドの騎士たちが、カチャリと音をさせて剣を握り、お父様は呆然《ぼうぜん》とそれを見ていた。

「そ、それは……ムードラー……いや、ロワイヤムードラー」

「眠っているから安心しろ」

「はい、いや、そんな、そんな危険で、高価なものをいとも簡単に」

「遊宴会で、私が魔物を食してみたいと我儘《わがまま》を言ったのだ。狩って来るから食べさせろとな。伯爵と御息女には迷惑をかけるが、先に下処理とやらを見せてほしい」

「ああ……なんといいますか、公爵閣下はすっかりご存じなのでございますね」

疲れたような声を出したお父様に、私は心から申し訳なくなる。それに、公爵様にも。公爵様には、私が抱えている事情を何も話してはいない。でも聡《さと》い公爵様は、私とお父様の様子を見て、すべて自分の我儘のせいだということにしてくださったのだ。

「では先に、閣下のお望みを叶えることにいたしましょう。それに、あちらの騎士様方はお帰りになられるということでございますが、ここの寒さを甘く見てはなりません。どうか騎士様方と騎竜たちに十分な休息を。ここから少し離れた場所に、メルフィエラの研究棟がございます。そこであればロワイヤムードラーも、騎竜たちの受け入れも可能でしょう」

お父様は私が言いたかったことをきちんと汲《く》んでくれ、研究棟の使用まで許可をしてくれた。この牧場の厩舎《きゅうしゃ》には今は家畜がいない。でも、捕食者であるドラゴンたちを入れて匂いがついてしまえば、春に戻って来た家畜たちが怖がって入ってくれなくなってしまう恐れがあるのだ。これでもうドラゴンたちの受け入れは大丈夫だ。それにロワイヤムードラーも運び込むことができる。

「お父様、私……」

「メルフィエラ、後から詳しい話を聞かせておくれ」

「はい」

「お前はこれから、公爵閣下と騎士様方を研究棟へ案内しなさい」

「ありがとうございます、お父様」

私は公爵様に向き直ると、深々と一礼をした。

「それでは公爵様。私が軍馬で先導しますので、ついて来てくださいませ」

「それには及ばん。私の騎竜に乗せてやる。空から案内してくれ」

「まあ！　よろしいのですか？」

「ああ、お前ならば構わん。ケイオス、今から騎竜たちを移動させるぞ。私は先にメルフィエラを連れて行く。土産と共について来い」

公爵様が背後を振り返る。いきなり名指しされたケイオスさんだったけれど、少し大げさに胸を張り、ドンと自分の胸を拳で叩いた。

「ケイオスさん、よろしくお願いします」

「はい、こちらこそ。ですが、本当に十頭ものドラゴンを受け入れてくださるのですか？」

「私の研究棟は十分な広さがありますから。普段はそこで魔物を捌《さば》いたり、保存したりしているのです」

「なるほど……それは興味深い場所ですね」

「ご期待に添うことができればいいのですが」

ケイオスさんが他の騎士たちに指示を出し始めたので、私は公爵様と一緒に一番大きくて立派なグレッシェルドラゴンの元に行く。公爵様がその手綱を引くと、ドラゴンは身をかがめてクルルと甘えた声を上げた。

「なんて可愛《かわい》らしい声なの」

「ははっ、ドラゴンの声を可愛らしいと言うか。だがメルフィエラ、これは食べては駄目だぞ?」

「公爵様のドラゴンを食べたりしません!」

「なに、冗談だ」

「もう、酷《ひど》いです!」

笑いながら高い位置にある鞍に難なく跨った公爵様が、私に向かって手を伸ばしてくる。どうやって乗ればいいのか見当もつかないけれど、公爵様が手伝ってくださるのであれば大丈夫だろう。

「あの、私、ドラゴンは初めてなのです」

「心配ない。私に身を委ねていろ」

公爵様の大きな手を取った瞬間、私は鞍の上に引き上げられた。そしてあっという間に公爵様の前に座らされる。ドラゴンは身をかがめているというのに、軍馬よりも高くて、私は咄嗟《とっさ》に公爵様の腕にしがみついた。

「怖いか?」

「つ、摑まっていれば、なんとか」

「横乗りでいい。そのまま、体重を預けて私の腕を摑んでいろ」

公爵様の腕の中にすっぽりと包まれる形になった私は、言われた通りに公爵様の腕をぎゅっと抱

え込む。横乗りの体勢なので、跨るよりも不安定だ。

ケイオスさんたちを乗せたグレッシェルドラゴンが先に上空へと舞い上がり、くるくると旋回し始めた。こうして近くで見ると圧巻だ。マーシャルレイドの騎士たちもドラゴンの様子が気になっているらしく、何度も見上げて確認している。

そこに、お父様が進み出て来た。

「申し訳ありません、公爵閣下。私は屋敷での準備がありまして。代わりにメルフィエラと、こちらの騎士を差し向けます」

「よい、私の我儘だ」

「メルフィエラ、くれぐれも粗相のないように。公爵様のお望みの通りになさい」

お父様が私が乗ってきた軍馬の手綱を握り、こちらを見て頭を下げた。その姿を見た私は、公爵様を見上げて決心する。

公爵様が私を受け入れてくださるのであれば、お父様もきっと安心してくれるに違いない。それにはまず、研究棟で私がどんなことをしているのか、全部全部、公爵様に見ていただかなければ。

(私が何故《なぜ》、魔物食にこだわるのか……すべてお話ししたら、貴方《あなた》は私をどう思われますか?)

第三章　いざ実食、極上の串肉の炙《あぶ》り〜食材：ロワイヤムードラー〜

ドラゴンに騎乗して、空から領地を見るのはとても贅沢《ぜいたく》な体験だ。公爵様と知り合わなければ、一生経験することはなかっただろう。

「怖ければ下を見ないようにしておけ」

「いいえ、全然怖くありません！」

ドラゴンはその羽と豊富な魔力を使い空を飛ぶ。一回羽ばたくごとにぐんぐんと高度が上がり、お父様の姿や牧場がみるみるうちに小さくなっていった。

「公爵様はこんなに素晴らしい景色をいつも見ていらっしゃるのですか？」

「そうだな。移動は騎竜が多いな」

「こんなに遠くまで見渡せるなんて、私まで空の王者《ドラゴン》になった気がします」

これだけ高い位置から見下ろすと、マーシャルレイドの領地などちっぽけなものに感じられる。

屋敷から馬で四半刻くらい離れた場所にある私の研究棟も、すぐに見つけることができた。

「公爵様、あの大きな窪《くぼ》みの縁にあるのが研究棟です」

「あれは……まるで干上がった湖の跡地だな」

「おわかりになりますか？　あれは十七年前の大干ばつの際の名残なんです」

「そうか。あの災厄の被害がここにもあるのだな」

元々は湖があったその場所は、大干ばつによってすっかり干上がってしまっている。その跡地を利用して、研究棟と広大な飼育場が造られた。研究棟は元々湖畔の保養所だったものを、お母様が再利用したのだ。

「どこに降りるのだ？」

「研究棟の中庭にある、石畳の近くに降りてください。あの緑色の屋根のところが厩舎《きゅうしゃ》なんです」

今は何もいないけれど、お母様が健在だった頃はマーシャルレイド領の様々な魔物が飼育されていた。

「よし、降りるぞ」

公爵様は私をギュッと抱き抱えると、研究棟に向かってドラゴンを降下させた。


先に研究棟へ降りた私は、続いて舞い降りてきたグレッシェルドラゴンたちを厩舎へと誘導する。自由に使用してもらうように告げると、騎士たちはドラゴンを水飲み場へと連れて行った。訓練されたドラゴンたちが、乗り手の騎士たちの言うことを聞いてきちんと並んで歩いて行く。

「まあ、お利口さんなドラゴンたちですね」

「人に馴《な》れるよう卵から孵《かえ》すからな。ところでメルフィエラ。あれは魔法陣か？」

公爵様が石畳に描かれた模様を繁々と眺める。ドラゴンが羽ばたいた時に、石畳に被《かぶ》っていた砂《すな》埃《ほこり》が飛んでいってしまったようだ。白っぽい石畳の表面には、鮮やかな朱色の染料で複雑な模様が記してある。

「はい、この魔法陣の上で、魔物の下処理をするのです」

「なるほどな。古代魔法語の魔法陣か。これはお前が描いたのか？」

「はい。元々は母が創り上げたものを、私が改良しました」

「ふむ……『我、汝《なんじ》の命を奪うものにして汝を糧に生きる者なり』」

特殊な染料を使って描かれた魔法陣には、古代魔法語で様々な呪文が書いてある。公爵様はいともたやすく、その意味を正確に読み解いていった。

「これで魔力を吸い出すというわけか。悪くはないが、この魔法陣だけでは難しいのではないか？」

「はい、その通りです。公爵様は古代魔法にもお詳しいのですね！　この魔法陣は、物体から魔力を吸い出すためだけのものなんです」

私は石畳の端に建てられた納屋の扉を開錠し、中から手のひら大の曇水晶をいくつか取り出す。それを持って公爵様の元に駆け寄った。

「魔物から魔力を吸い出すには、もうひとつ道具が必要になるんです。それがこの曇水晶で、これを使って魔力と血を一緒に吸い出します」

「曇水晶の中身はくりぬいてあるのか。中々にいい職人仕事だな」

今はまだなんの変哲もない曇水晶だけれど、私の魔法によりその色と輝きが激変する。実際に見てもらった方が早いので、私は公爵様に是非とも手伝ってほしいことをお願いすることにした。

「あの、公爵様。お願いしてもいいでしょうか」

「なんだ、メルフィエラ」

「あの時の『首落とし』を、また見せていただきたいのです」

あの見事なまでの一閃《いっせん》が、未だに私の目に焼きついて離れない。あんなに鮮やかで、目にも止まらぬ剣捌《けんさば》きなど、マーシャルレイドの騎士たちでは無理だ。騎士長ですら、公爵様と同じような技量は持ってはいないだろう。コツがわからない私では尚更《なおさら》無理だ。

「ここで首を落としてもいいのか？」

「はい、是非よろしくお願いします。公爵様に首を落としていただけるのでしたら、私は安心して血と魔力を吸い出すことができます」

「あのぉ……盛り上がっているところに申し訳ありませんが、お二方共、物騒な会話は後にしませんか？」

私が振り返ると、ケイオスさんが所在なげに立っていた。どうしてだか、少し顔が引き攣《つ》っている。その上空には、二頭のドラゴンたちがお土産を持ってゆっくりと旋回していた。

「メルフィエラ様、土産はどちらに？」

「まあ、ケイオスさん。大変失礼いたしました。こちらです、この石畳の魔法陣の上にお願いします」

「かしこまりました。ミュラン！　もう少し右だ。そう、ゆっくり、ゆっくりだぞ」

　ケイオスさんの誘導に、ドラゴンに騎乗した騎士はうまく操作して、石畳に描かれた魔法陣の真上に向かう。二頭のドラゴンがゆっくりと羽ばたきながら降りてきて、脚に提げたロワイヤムードラーの巨体を横たえさせた。

　私はケイオスさんに頼んで布を外してもらい、その見事なまでの金色の毛をそっと撫《な》でる。魔法で眠っているロワイヤムードラーは、当然気づいていない。その側で、公爵様はロワイヤムードラーの首を落とすための剣をあれこれと吟味なされている。公爵様がお持ちになった剣は、どれも実用的で実戦向けに仕立てられているようだ。装飾は最低限だけれど、その刃は恐ろしいくらいに研がれていて、妖しい光を放っていた。

「それでは早速、下準備を済ませておきたいと思います。こんなに大きな魔獣を一人で処理するのは難しいので、手伝っていただけますか？」

「ああ、もちろんだ」

　公爵様が剣を掲げて応え、ケイオスさんも手袋を外して腕まくりをしている。

「喜んで。騎士たちも戻ってきましたので、なんなりとご指示ください」

「ありがとうございます。では最初に、ロワイヤムードラーの毛を刈ります。魔法で眠らせてありますが、起きたりしませんか？」

　毛を刈ると言っても、私はその専門家ではない。時間がかかれば魔獣が起きてしまう可能性があった。

「あと二刻ほどであれば大丈夫かと。金毛は貴重ですからね。毛刈りはうちの騎士たちにお任せください」

ケイオスさんが自信ありげな顔になる。公爵様もその腕をお認めしているらしく、心配する私に向かって、騎士たちに任せるように言ってくれた。

「ガルブレイスの騎士は魔物の討伐を主な任務としているが、討伐した魔物の角や爪、毛皮を剝いで資源にする役目も担っている。毛刈りもお手のものだぞ?」

すると、ケイオスさんや他の騎士たちが、革袋から大きな櫛《くし》と鋏《はさみ》のようなものを取り出してきた。羊毛を刈る時のものよりもずいぶんと大きい。

「身は傷つけず、毛はできるだけギリギリで刈り取れ」

「了解です」

シャキッと音がして、あれよあれよという間に金色の毛が刈られていく。地肌の色が見えるくらいに刈られたロワイヤムードラーは、ひと回りほど小さくなっていた。その横にはふわふわの金毛が積み上げられている。これを紡いで作られた糸は、王家に献上されるほど高価で希少性があるらしい。でも私はそんなものよりも、その中身がほしかった。

(脂ののったロワイヤムードラー……どんな味がするのかしら)

あっという間に丸裸になったロワイヤムードラーは、騎士たちによって頭を持ち上げられ、その下に組み木が入れられていく。なるべく首を高い位置に上げ、切り落としやすいようにするのだ。

私がその巨体を色々な角度から見ていると、マーシャルレイドの騎士たちがようやく追いついてきた。

「メルフィエラ様、遅くなり申し訳ありません」

「大丈夫です。解体には間に合いましたから。今から公爵様がロワイヤムードラーの首を落としてくださるの。瞬《まばた》きしている間に終わってしまうくらいに一瞬だから、よく見ておいてね」

そしてあわよくば、そのコツとやらをしっかり摑《つか》み、今後の私の研究の手伝いをしてほしい。

マーシャルレイドの騎士たちが、一斉にごくりと喉を鳴らす。噂に聞く『狂血公爵』の実力を垣間見ることができるとあって、皆真剣な顔つきだ。公爵様はあの真紅の外套《がいとう》をケイオスさんに預け、その手に持った剣を素振りして準備万端だった。

「それでは、血と一緒に魔力を抜いていきます。公爵様、一気にスパッとお願いします。首を落としたら、なるべく早く魔法陣から離れてくださいね」

「わかった私の方はいつでもいいぞ、メルフィエラ」

「はい、ではその前に――私は決して命を粗末にはいたしません。その尊い命を最後まで大切にいただきます」

いつものように、私は魔物に向かって祈る。私だって、闇雲に魔物を殺して、その命をいただいているわけではない。全ては、領民が二度と悲しい思いをしなくてもいいように、豊かで幸せに暮らしていけるようにという願いのため。
大きく息を吸い込んだ私は、魔法陣の端に立つ。公爵様は魔法陣の中に入り、ロワイヤムードラーの首の前で低く腰を落とした。両家の騎士たちが周りで見守る中、私は曇水晶を手に取ると、静かに呪文を唱える。

『ルエ・リット・アルニエール・オ・ドナ・マギクス・バルミルエ・スティリス……』

呪文と共に、曇水晶に光が灯《とも》る。石畳に描かれた魔法陣が淡く輝き始め、ロワイヤムードラーと公爵様を包み込む。

「公爵様、お願いします！」

私が声をかけると同時に、公爵様が動いた。

「承知した！」

それはあまりにも速く、まさに一瞬だった。
刃の残した残像を見たような気がしたけれど、公爵様の剣は静かに振り下ろされたままだ。石畳の上に、ロワイヤムードラーの首がごとりと落ちる。

（振り下ろされた？　一体いつ？）

あの時よりも鮮烈に、公爵様の一閃がロワイヤムードラーの首を落とす。首から吹き上がった血飛沫《しぶき》が、魔法陣の効果で空中にピタリと止まっていた。

「メルフィエラ、私の方はもういいぞ！」

公爵様が素早く魔法陣から出たことを教えてくれ、私はハッとして呪文を再開する。血飛沫が一気に曇水晶目掛けて吸い込まれ始め、血に含まれる魔力がキラキラと赤い光を放った。血と魔力が魔法陣の中を駆け巡り、全てが私の持つ曇水晶へと向かってくる。

『イード・デルニア・オ・ドナ・マギクス・バルミルエ・スティリス』

曇水晶は真っ赤な輝きを放ち、空洞化したその中に、凝縮された血と魔力が渦巻いていた。流石《さすが》に巨体だけあり、まだ半分も吸い込みきれていない。

やがていつものように私の髪も魔力に反応し、まるで炎が燃え盛っているかのような輝きを放ち始めた。

（それにしても、何という魔力量なの）

曇水晶はほぼ満杯状態で、これ以上魔力を吸い込めないギリギリまできていた。私は慎重に呪文を唱え続ける。でも、もう限界かもしれない。私が横目で予備の曇水晶を見ると、公爵様がその視線に気づいてくれた。

「メルフィエラ、私は何をすればいい？」

「予想以上に魔力量が多くて、ひとつでは足りないみたいです。予備を使います。私が持っている曇水晶とその予備を取り替えてください」

「わかった」

公爵様が予備の曇水晶を手渡してくれる。私は片手で受け取り、満杯になった曇水晶を公爵様に預けた。血と魔力によって真紅の輝きを放つ曇水晶は、私にとってはここでの研究に使う以外価値のないものだ。しかし公爵様には違ったようで、ケイオスさんを呼んで曇水晶を爪で弾《はじ》いたり光に透かしたりしている。

(公爵様には赤がとても似合うから、宝飾品にしてもいいのかも……って駄目だわ。曇水晶だし、血と魔力の塊ですもの)

公爵様にはもっと美しい紅玉の方が相応《ふさわ》しい。私は新しい曇水晶を手に気合を入れると、一気に仕上げに入った。

『ルエ・リット・アルニエール・オ・ドナ・マギクス・バルミルエ・スティリス・ウムト・ラ・イエンブリヨール!』

最後の呪文を唱えると、魔法陣の光が真ん中に収束していく。首から流れ出ていた血が少なくなり、魔力の輝きも最初に比べてずいぶんと薄くなった。私が深呼吸をする間に、ロワイヤムードラーから吸い取った魔力の最後の一滴が、曇水晶の中に収まっていった。

「ふぅ……なんとかうまくいきました。もう魔法陣に入っても大丈夫です」

手のひら大の曇水晶一個と、半分。今まで一頭でこんなに溜《た》まったことはなかったから、ロワイヤムードラーはかなりの量の魔力を持っていたことになる。

公爵様はロワイヤムードラーに近寄って、その斬り口をしげしげと眺めた。

「もっと干からびるかと思ったが、案外肉は瑞々《みずみず》しいな」

「お肉がパサパサになるので、血と魔力以外は吸い取りません。水分は適度に残しておくのが美味《おい》しくなる秘訣《ひけつ》なんです」

「たいしたものだ。この方法は、お前が考えたのか？」

「始まりは私の母でした。大干ばつに大飢饉《だいききん》。十七年前、たくさんの領民たちが飢えで苦しみました。マーシャルレイド領は資源に乏しく、土地も豊かではありません。だから母は、大量に発生する魔物を利用できないかと研究を始めたのです」

私はそれを受け継いで、魔物から魔力を抜き取る方法を研究していた。もっと簡単に、誰もができるようになれば、厄介者の魔物が美味しい食物になり領民たちを救うことになる。最近はちょっぴり、いやかなり、珍しい魔物を食すことが楽しくなってしまっているけれど。

(だって、美味しいんですもの)

たまにハズレの魔物を食さなければならない時もあるけれど、だいたいにおいて、魔物は美味しく栄養価が高いのだ。

「これはどうするのだ？」

公爵様が曇水晶を片手で器用にくるくると回す。それは魔力の塊であり、ロワイヤムードラーの命の輝きでもあった。

「それは後から火を熾《おこ》す時に使おうと思います」

「火を熾す？」

「はい。それに、これだけあればふた月くらいは料理をする際の火力や、研究棟の魔法灯の心配がいりません」

「それ以外には使わないのか？」

「えっと、ほかに使い道があるのですか？」

そのほかに、この血と魔力の塊を使う方法があるのかと、私は首を傾《かし》げる。火を熾したり、魔法灯の明かりとして使ったりすることも、十分有効利用できていると思うのだけれど。

公爵様はそんな私を見て何か言おうとし、でも首を横に振って真っ赤な曇水晶を私に返してきた。

「お前はそれでいい。だが、王宮の魔法使い共よりも有益な研究を行っているという自覚を持て。それに溜まっている魔力は、使い方によっては国を滅ぼすほどの武器になる」

「……国を滅ぼすほどの武器」

「気づいてなかったのか？」

「わ、私は今まで、生きたものは、せいぜいヤクールやコトッコ鳥くらいの大きさの魔物からしか吸い取ったことがありません！」

小さな魔物は、その魔力量も少ない。それを武器にするだなんて、私はそんな恐ろしいことを考えたこともなかった。

「メルフィエラ。噂《うわさ》は噂だが、それが悪意を持ち一人歩きをすれば、思わぬ惨劇を生み出すものだ。言わせたい奴には言わせておけばいいが、お前を傷つけるものであれば、私が容赦はせん」

「公爵様」

真剣な顔の公爵様に、私は何と答えていいのかわからなかった。

「だが、『生き血を啜《すす》る』というものだけは、噂話ではなかったのだな」

「えっと、それはどういう意味でしょう」

それは私に関する悪い噂のひとつだ。『果実酒の代わりに生き血を啜っている』。もちろん噂は噂で、私は生き血を啜ったりなんかしない。そう、魔法を使って曇水晶の中に吸い込むのであって、私が生き血を啜っているわけではないのだ。

公爵様の言っている意味がわからず、私は戸惑った。

「お前の魔法を見て、私はてっきり、伝説の『吸血族』を目の当たりにしているのかと思ったぞ。その髪があまりに美しく燃え盛り、緑柱石よりも煌《きら》めく宝石のような緑の瞳が私を魅了するから、このまま命を捧《ささ》げても惜しくはないと、本気で考えた」

「え……？」

公爵様が、目を細めて悪戯《いたずら》っぽく微笑《ほほえ》む。言われた言葉を頭の中で反芻《はんすう》し、ようやく理解した私は、一気に顔が熱くなってしまった。

「も、もうっ、揶揄《からか》わないでください！　魅了とかしていませんし、髪はただ魔力に反応しているだけです！」

「褒め言葉だ、素直に受け取れ」

「そういうことなら公爵様だって、魔力に煌めく金眼がとても素敵ですから！　あの、黒鉄のドラゴンの上で翻る真紅の外套も、とてもお似合いでした」

「そ、そうか」

私が仕返しにと思って力説すると、公爵様が斜め下を向いてボソッと返事をする。

（私、な、なんだか、変なことを言ってしまったみたい）

私まで恥ずかしくなり、もじもじとしてしまった。マーシャルレイドの騎士たちは、こちらを見ないようにしているし、ガルブレイスの騎士たちは、何故か皆さんが拳を握っている。小さく「いけ、そこでガツンと」とか、「閣下のへたれ」と聞こえてくるけれど、それはどういう意味だろう。ケイオスさんなど、結構大きな声で「全然駄目です。千点中三点」と言い、指を三本立てていた。

「ええ、あの、と、とりあえず、屋敷の準備が整う前に、お肉を捌いていきます、ね？」

「そ、そうだな」

私は気を取り直して、小屋から魔力計測器を取り出した。先程の曇水晶に針をつけたような形の測定器で、針先を肉に刺して残留魔力量を測定するのだ。

結果、ほぼ残っていないということが判明する。どうやら失敗することなく、血と魔力を吸い取ることができたようだ。これで安心して食することができる。

「残留魔力がないとは恐れいったが、少しくらい残っていても大丈夫ではないのか？」

「いいえ、公爵様。魔力が残っていると、魔毒に変化することもあるんです」

その『少しくらい』という油断が危険なのだ。

魔物は死んでしまうと、その身体に内包する魔力が自然と放出されていく。しかし死後時間が経過した魔物から完全に魔力を吸い出すのは至難の技で、塩漬け肉にしたり薫製にしたりすることにより肉から魔力を排除するのだ。

きちんと下処理をしないままの魔物は、うまく魔力が放出されず、魔力が魔毒に変化してしまう。体内に残って凝《こご》ってしまった魔力のことを、私たちは『魔毒』と呼んでいた。体内を循環している魔力が何らかの理由で凝ってしまい、それが魔毒になると、魔物は狂化してその凶暴性が一気に増すのだ。

「これだけ大きいと、寝かしたままでの作業は難しいですね。ここは、吊《つる》してから切り分けていきましょう。牛用の肉吊しの準備を」

私はマーシャルレイドの騎士たちに指示を出し、肉を吊すための器具を設置してもらうことにした。

騎士たちが鉄の鎖でロワイヤムードラーの後脚をくくり、数人で引っ張って器具に吊していく。

ここから先は、普通の牛や豚などと同じ作業になる。公爵様もこれは見慣れた光景らしく、ガルブレイスの騎士たちにも手伝うように命じてくれた。

「そういえばロワイヤムードラーは皮革も高価な資源ですよね？」

「なめして柔らかくしたものを貴族共はこぞって革靴にしているな」

「では、丁寧に剝がないとですね」

「よし、ミュラン。アンブリーと皮を剝げ」

「あ、私もやります」

騎士たちに任せてしまうのも気が引けて、私は皮剝ぎの道具を持ってその輪の中に入る。

「それでは皆さん、よろしくお願いします。あ、お腹の膜と内臓は傷つけたら駄目ですよ。破けると酷い臭いが肉に染み込んでしまいますから」

「そう言われると自信が持てません。あの、メルフィエラ様、どのあたりを切ったらいいのでしょうか」

「それは私がやります。ケイオスさん、その刃物をお貸しくださいますか？」

私は、ロワイヤムードラーを前に戸惑っていたケイオスさんから刃物を借りる。

小振りながらもしっかりとした刃がついた刃物は、騎士たちが野外活動中に使うもののようだ。

ガルブレイス公爵家の紋章もついているから、きっとお抱え鍛冶屋が打った業物に違いない。私には少し重たいけれど、良いものだとすぐにわかった。

「ここから……ここまでっと。内臓が出ないようにそっとですよ。気をつけてくださいね」

腹に沿って慎重に刃を滑らせると、さほど力を入れずとも綺麗《きれい》に切り込みが入る。さすがはガルブレイス家お抱えの鍛冶屋さんの謹製。公爵様に頼んだら私にも紹介してくださるだろうか。是非とも私の手にぴったりの肉切り用の刃物がほしい。

黙々と皮を剝いでいくと、脂が満遍なくのった肉が現れる。

次に、内臓を取り出して、各部位に切り分けていく作業だ。ロワイヤムードラーは羊や牛に近い構造だけれど、その部位も同じようなものなのだろうか。あまりにも素晴らしい肉質で、妄想が止まらない。

（大きな後脚は炭火で炙ってみたら？　それとも蒸し焼きにすべき？　保存している芋類、倉庫から出しておかなくちゃ）

私や公爵様の指示の下、ロワイヤムードラーの巨体があっという間に解体されていく。

内臓を慎重に取り除いた後、公爵様は桶《おけ》に入れられた臓物を「グレッシェルドラゴンに食べさせる」と告げて厩舎に入っていった。なんでも、公爵様が狩った魔物はドラゴンや他の肉食の騎獣たちの餌にしているということだ。素晴らしい。魔物を余すことなく利用するというその精神。私も大賛成だ。

内臓を処理した後は、流水をかけて血を綺麗に洗い流す工程だ。私は、先ほど魔力を吸い取らせたばかりの曇水晶を、水を浄化する装置に設置した。浄化装置は、雨水をろ過した水をさらに綺麗にするために、私が魔法陣を構築して自作したものだ。

この研究棟がある場所は、過去の大干ばつのせいで水脈の場所が変わってしまっていた。掘っても十分な水は得られないので、必要な分はすべて貯水槽の雨水で賄っているのだ。

私はかつて噴水だった場所に水を流し込むと、ロワイヤムードラーを吊し器ごと移動させ、肉に残った血を念入りに除去していく。この作業を怠ると、臭みが残って台無しになってしまうのだ。

私が冷たい水にも負けず肉を洗っていると、マーシャルレイドの騎士長クロードがやってきた。

「メルフィエラ様、少しよろしいですか？」

「何かしら。大事な作業中だから、このまま聞いてもいい？」

「伯爵様より狩猟許可状を預かって参りました」

「まあ、ありがとう！　これでドラゴンたちも一安心ね」

私は一旦手を洗い、騎士長から許可状を受け取る。バルトッシュ山は雪に覆われておらず、餌となる魔物もまだ冬眠していない。ドラゴンの腹を満たせるだけの魔物を狩ることができるだろう。

さっそく公爵様に渡すため、厩舎に向かおうとした私を騎士長が呼び止める。

「メルフィエラ様」

「どうしました、クロード騎士長」

「……何故《なぜ》あの者たちをここに連れて来たのです。自分は、亡き奥方様とメルフィエラ様の研究のすべてを、彼らに見せるのは反対です」

「クロード騎士長、それはどうして？　公爵様は、私に偏見を持ってなんかいないわ」

私は目だけを動かしてクロード騎士長を見る。騎士長は首を横に振り、声を潜めた。

「婚約の申し込みなど建前です。メルフィエラ様の魔物食が物珍しいだけであればまだなんとかなりましょう。しかし、ここでの研究を利用するための口実だとしたら、私は断固抗議いたします」

肉を洗い終えたことを確認した私は、肉を各部位ごとにわけるようマーシャルレイドの騎士たちに頼んでから、クロード騎士長に向き直った。

「何故いけないの？　研究を利用するためという理由だって立派な理由よ。それに、私は公爵様から婚約の申し込みの理由をお聞きしていません。邪推してはいけないわ」

「メルフィエラ様、お聞きください。ガルブレイス公爵家は、代々、エルゼニエ大森林の魔物を屠《ほふ》ることを生業《なりわい》にする者たちです。魔物を掃討するために貴女様《あなたさま》に目をつけ、研究を利用しようとしているとは考えられませんか？」

騎士長にそう言われて、私は「そういえば」と思い出した。ガルブレイス公爵家は特殊な任務を担っていると聞いたことがある。ガルブレイスという姓と爵位は、その任務を遂行できる力量のある者が受け継ぐものだと。事実、公爵様は養子であられるらしい。だけれど、それがなんだというのだろう。もし仮に魔物を掃討するために私の研究を利用したいというのであれば、私は喜んで協力する。

「私は母の研究を完成させたいの。それに、魔物食の有益性を皆に証明したいと思っているわ」

「あの『狂血公爵』が、貴女様の研究を正しく使うとは限らないのですよ⁉」

騎士長は尚も言い募る。心配してくれているのはわかるのだけれど、流石に言い過ぎだと思う。

それに、公爵様は噂されるような恐ろしい人ではない。

「それ以上は控えなさい、クロード騎士長。公爵様をそう呼ぶのであれば、私は『悪食令嬢』ですね」

「ち、違います！　メルフィエラ様は」

「噂に踊らされてはなりません。少なくとも私は、公爵様のことをもっと知りたいと思いました。それに、私の研究が役に立つのであれば……」

私はそれ以上何も言わず、騎士長から視線を外す。騎士長も食い下がることなく、私に一礼をしてから踵《きびす》を返した。

（だって、いきなり求婚だなんて、特別な理由があるに決まっているもの……）

昨日の夜は、「公爵様は魔物食を食べたくて求婚している」と真面目に考えていた私も、実際に公爵様に会ってからはそんなのんきな考えなど霧散してしまった。公爵様には、もっと何か、私が計り知ることができない大きな理由があるのだ。

私はむくむくと湧き上がる不安を振り切り、厩舎から戻って来た公爵様の元へ向かう。私に向かって軽く手を挙げた公爵様は、やっぱり凛々《りり》しく、そして優しい目をしていた。

「公爵様、狩猟許可状が届きました！　これでドラゴンたちもお腹を満たすことができます」

「ありがたい。ロワイヤムードラーの臓物だけでは足りぬと文句を言われてな」

「ドラゴンが文句を？　それはとっても怖そうですね」

「私の騎竜は食い意地が張っているのだ」

そんな話をしていたら、なんだか急にお腹が空いてきてしまった。私は空腹を訴え始めたお腹に手を当てると、切り分けられたばかりのロワイヤムードラーの肉を見る。

「公爵様、お腹が空いてきませんか？」

すると、公爵様も自分のお腹に手を当てて、私と同じように肉の塊を見た。

「ああ、かつてないほど空腹を覚えているな」

駄目だ。考えれば考えるほど、我慢ができなくなってきた。私は湧き出してきた唾液を飲み込むと、内緒話をするような囁《ささや》き声を出す。

「あそこに、とっても美味しそうなお土産がありますね」

「ああ、一級品だぞ。早く食べてもらいたいものだな」

「熟成させた肉もいいですけれど」

「新鮮な肉は今しか食べられない」

私が公爵様を見上げて微笑むと、公爵様も私を見下ろしてにやりと笑う。私は一番柔らかく、赤身の間に脂が綺麗に入っている部位を指差した。

「あそこの身を少しだけ切りとって、軽く炙っていただいてみたくありませんか？」

「これだけの肉があるのだ。もう少し希少部位でもよくはないか？」

「それは素晴らしい考えですね」

「メルフィエラ、お前も悪いな」

「いえいえ、公爵様ほどでは」

私と公爵様は無言で頷《うなず》くと、すぐさま行動に移す。公爵様がガルブレイスの騎士たちが持ってきた皮袋を開け、何やらゴソゴソと漁《あさ》り始める。私は作業をしている騎士の間を通り抜け、何食わぬ顔で一番柔らかそうな肉を切り取った。物置小屋の隣には、野外調理場がある。私は迷わずそこに向かうと、薪《まき》の準備を始めた。

「メルフィエラ、これを使うといい」

色々と道具を持ってきた公爵様が、何かの粉末が入った小瓶を手渡してくる。蓋を開けると、益々《ますます》お腹が空くような香りがした。

「これは……香辛料ですね」

「料理長のところからくすねてきた。様々な香辛料を混ぜて砕いたものでな」

「ああ、食欲がそそられます。たまりませんね」

私は野外調理場のかまどに薪を入れ、小さな魔法陣の上に魔力の詰まった曇水晶を置いて火を熾す。本当は炭があればいいのだけれど、あいにくここにはない。

「公爵様、これは毒見です」

「ああ、毒見だな」

「決して、つまみ食いなどではありません」

「無論だとも」

まずは、ひと口大に切った肉を串に刺し、満遍なく香辛料を振りかける。もうこれだけで口の中が唾液でいっぱいになる。香辛料には塩も入っているようで、舐《な》めると少しピリッとして、爽やかな香りがした。

薪の火が十分に燃え上がり、私は期待を込めて串肉を炙り始める。パチパチと薪が爆《は》ぜる音がして、極上の肉がジュウジュウと脂を燃やす。

「念のために、最初はしっかりと中まで火を通しましょう」

「……焼けるまで待てと⁉　これは耐えがたい拷問だな」

「公爵様、すべては美味しくいただくための必要な工程です」

「もう焼けただろう？」

「まだです。ひっくり返してもう一度焼きます」

私は串肉をくるっと裏返す。少し焦げ目がついた肉に、私と公爵様は同時に唾液を飲み込む。ジユウジュウパチパチ、肉と香辛料の香ばしい匂いが鼻腔《びくう》をくすぐり、私はまだかまだかと焼けるのを待った。

「……閣下、メルフィエラ様。つまみ食いですか？」

突然、背後からケイオスさんの声がして、私はびっくりして飛び上がる。肉に集中していて背後の気配に気づかなかった。それは公爵様も同じだったようで、公爵様は毒見用の肉をケイオスさんの視線から隠すように立ちはだかった。

「突然背後に立つな！　何でもない」

「何でもないって、そんないい匂いをさせておきながら」

「そうだ許可状。ほら、ケイオス。狩猟許可状だ。騎竜たちに餌を食べさせてやれ」

公爵様が許可状をケイオスさんに押しつける。ざっと目を通したケイオスさんが、腰を折って礼を述べた。

「メルフィエラ様、ありがとうございます。では閣下もご一緒に」

「わ、私はメルフィエラとだな」

「閣下の騎竜はお腹を空かせて文句を言っているというのに、自分だけつまみ食い」

ケイオスさんが半眼で公爵様を見る。ぐっと言葉を詰まらせた公爵様が項垂《うなだ》れ、いい具合に焼けた串肉を見る。

「……わかった。お前にもひと口やる」

「ひと口」

「ええい、くそっ！　ひと串やる」

「ありがとうございます。どうせならひと串と言わず、皆にも。メルフィエラ様、うちの騎士たちはこれまで酷《ひど》い魔物肉しか食べたことがないのです。皆、メルフィエラ様の下処理法を見て感心しきっております。どうか、つまみ食い……毒見役の栄誉をお与えください」

にっこりと笑ったケイオスさんの背後には、匂いに釣られて様子を見に来たガルブレイスの騎士たちが、もじもじとしながら待っていた。

（確かに毒見は大切だけれど、これってもう毒見でもつまみ食いでもないのでは⁉）

マーシャルレイドの騎士たちまでやって来てしまったので、結局、試食と称した串肉をたくさん作ることになってしまった。公爵様は心なしか残念そうにしている。

（がっかりなさらないで、公爵様。一番いい肉は、きちんと公爵様に差し上げますね）

◇　◇　◇

騎士たちの分も、といっても、希少部位では到底足りない。この一番美味しいと思われる部位は公爵様のために取っておくことにして、私は肩肉を使うことにした。もちろん、騎士たちに手伝ってもらい、串肉を大量に作っていく。

（どうしよう、公爵様の香辛料をこんなに使ってもいいのかな）

私はお伺いをたてようと思い公爵様を探す。

「閣下、私は別に焼きたてじゃなくてもいいので、その肉を毒見しますよ」

「これは俺のだ。毒見なら他の肉でもいいだろう」

「今から焼くのですから、冷えますよ、それ」

「いいと言っているだろう。熱々をさっさと食べて安全だと確認しろ」

「なんです、閣下。まさか、メルフィエラ様が最初に焼いてくれた肉は誰にも渡さんとか考えてるんですか？」

「うっ、煩《うるさ》いぞ。自分の毒見用の肉は自分で焼け！」

串肉を持った公爵様とケイオスさんが、最初に焼いた肉の取り合いをしていた。私は慌てて毒見用の串肉を焼くため、かまどに串肉を置いて火力を調整する。危なかった。あの串肉は希少部位の中でも一番上等な部分なのだ。毒見用にされてはたまらない。

「メルフィエラ様。毒見役であれば私が」

「まあ、クロード騎士長。貴方《あなた》もですか？」

私が肉の焼き加減を見ていると、さらにクロード騎士長までもが毒見役を買って出てきた。その後ろにいる騎士たち全員が、焼けていく肉を鬼気迫る形相で見ている。マーシャルレイドの騎士たちは、私の調理した魔物食をたまに食べてくれるけれど、彼らのこんなに期待のこもった目を見るのは初めてだ。

マーシャルレイド領に棲息《せいそく》する魔獣は、人に危害を加えて害獣となったものを討伐するのが普通だ。だから、肉食性の魔獣なんかが多く、草食性の魔獣は滅多に狩らない。はっきり言って、肉食性の魔獣はあまり美味しいものではない。ロワイヤムードラーのように香ばしく食欲をそそられるような匂いは、彼らにとっても珍しいのかもしれない。

公爵様からいただいた香辛料は、結局かなりの量を使ってしまった。

（使ってしまったものは仕方ないわ。もしあちらの料理長に怒られるというのであれば、私が調合した香辛料を持って帰っていただきましょう）

それにしても、クロード騎士長がケイオスさんの方をチラチラと見ているのは何故なのだろう。表情も、ほんの少しだけ不満そうだ。元々あまり笑顔を見せるような人ではないけれど、彼は真面目な騎士長だ。毒見役を譲る気はないようなので、私はケイオスさんとクロード騎士長に焼き上がった串肉を手渡した。

「しっかり焼けました。これを……えっと、あの、毒見、お願いします」

「もちろんです。スカッツビットの干し肉はまんまと閣下ご自身で毒見をなされましたからね。今回は、是非とも私が務めさせていただきますよ」

ケイオスさんが率先して串肉を受け取り、その匂いを嗅ぐ。そういえばそうだった、と私は思い出す。スカッツビットの干し肉は、毒見をせずに公爵様が食べてしまわれたのだった。

ケイオスさんの対面にいたクロード騎士長は、私に少し咎《とが》めるような視線を向けてきた。マーシャルレイド領内ならまだしも、他の場所で魔物食を披露してしまったのは駄目だったのだろうか。

「早く食べろ。お前が余計なことを言うからお預けを食らってしまったではないか」

思いっきり文句を垂れたものの、公爵様も今回はきちんとケイオスさんに従うようだ。

(やっぱり、毒見って必要よね)

私もうっかりしていたけれど、ロワイヤムードラーは立派な魔獣だ。いくら私は慣れているとはいえ、公爵様たちにとっては未知なる食物で、毒見をするのは当たり前のことだった。

「それではさっそく。尊い命に感謝します……」

皆が注目する中、ケイオスさんは短く祈ると、大きな口を開けて串肉にかぶりつく。少し熱かったのか、はふはふといわせながら肉を串から引き抜いた。食べやすいようにひと口大に切っているので、肉の塊は一瞬にして口の中に消えていく。その動作があまりに美味しそうで、私は思わず一緒に開きそうになった口を閉じる。

「ど、どうでしょうか」

下処理を任された私としては、ケイオスさんの反応はとても気になる。本当は、身体に何か悪い影響が出ないかだとか、倒れたりしないかだとかを心配しなければならないのだけれど。私はロワイヤムードラーの味や火加減、それに香辛料の味ばかりが知りたくて仕方がなかった。

黙々と咀嚼《そしゃく》していたケイオスさんが、肉を飲み下した。その顔からは、美味しいだとか不味《まず》いだとかがわからない。早く、早く感想を聞かせてほしい。うずうずとして拳を握った私に、ケイオスさんがようやく口を開いた。

「まっ……」

「ま？」

「……たく、臭みがありませんね」

そう言うと、ケイオスさんは串肉をもうひとかじりしてうんうんと頷いた。

「それに、とろけます。口の中で、とろけて広がって……ええ、肉ではなく飲み物と言っても過言ではありません」

「とろける飲み物！　まあ、それで、お味はいかがですか？　火は通っていますか？　塩加減は？」

「口の中で肉と脂が溶けていきます。火加減は、私はもう少し血の滴っている方が好みですが、このとろける肉ならば、完全に火を通しても美味《うま》さを損ねることはないでしょう」

一気にそう語ったケイオスさんが、串肉を最後まで食べていく。滴る脂がこれまた美味しそうで、私はこぼれ落ちた脂を見て、思わず「ああ、もったいない」と口に出していた。

「くそっ、何という拷問だ。ケイオス、毒などないだろう。よもや腹を壊したりしないよな？」

「毒のような感じはありませんね。何より、あの激不味魔獣のように魔力特有の違和感もありませんし。ですが、魔力による腹痛は時間が経《た》たないと」

ケイオスさんの冷静な意見に、公爵様はむっつりとした顔になる。私は魔物に含まれる魔力で腹痛を起こしたことがないのでなんとも言えないけれど、魔物を食してあたったことがある人は、だいたい早くても一刻、遅ければ一晩経ってから症状が現れ始めると言っていた。お母様の研究記録には、消化が始まる頃から腹痛や発熱を訴え始めると書いてある。人は魔物のように、外部から取り入れた魔力を自力で分解することができないのだ。

「明日の朝まで待てるわけがないだろう⁉　もういい、毒見は終わりだ。俺は食べる」

「私たちも閣下と同じ意見です。ケイオス補佐だけずるい。毒見役とかいいながら全部食べてるじゃないですか」

焦《じ》れに焦れた公爵様とガルブレイスの騎士たちが、ケイオスさんに詰め寄る。マーシャルレイドの騎士たちも、毒見は何処《どこ》へやら何も言わずにペロリと食べてしまったクロード騎士長を羨ましそうに見ていた。

私は騎士長にも感想を聞いてみることにする。

「クロード騎士長、いかがでしたか？」

「えっ、ええ……まあ、普通に食肉でした」

「他には？　味とか、味とか、味とか」

「味は、そうですね……まるでリシャール印の白毛長牛を食べたような後味がしました」

そんな感想を述べたクロード騎士長は、うっとりとした顔で目を閉じた。

「そう、クロード騎士長はリシャール印の白毛長牛を食べたことがおありなのね」

私の指摘に、騎士長が気まずそうに目を開け、その目を泳がせた。リシャール印の白毛長牛は、食肉用の牛の中でも最高級品種で、私だって食べたことはない。いつどこで食べたのか後から追及しなければ。

それはともかく、最高級品種の食肉牛を食べたような後味というのならば、毒見の結果など待てるはずがなかった。

「皆さん、冷えてしまう前にいただきましょう。もし具合が悪くなっても大丈夫です。一応、お薬はすぐに用意できますし、マーシャルレイドの屋敷で手厚い看護をいたします」

私は皆に焼けた串肉を渡して回る。公爵様の分は新たに焼いた物と交換して、私は冷えてしまった串肉を持つ。熱々な方が美味しいけれど、冷えた肉の方が味がよくわかる。きちんと吟味するために、冷えた肉は最適だった。

「それでは、試食といきましょうか」

それぞれ食べる前の祈りの言葉を口にして、我先にと串肉にかじりつく。思わず「美味い！」と声を漏らす者、何も言わずにひたすら食べる者、味わいながら食べる者。騎士たちは立ったまま食べており、私も野外ということで立ったまま直接肉にかじりついた。

（すごい、香ばしくて、野生の獣特有の臭みがない！）

かじった場所から、肉汁が滲《にじ》み出てくる。温《ぬる》いくらいになっているのに、さらさらの脂は固まっておらず、濃厚な木の実の味が口の中に広がった。

（この香辛料、何かしら。丸い種を潰すとビリっとした刺激があるのに、辛くない）

肉本来の味を損なうことなく、木の実やキノコを食べているロワイヤムードラーにぴったりの香辛料だ。塩加減も絶妙で、ここに冷たい発泡酒があればと思わずにはいられない。乾杯ができたら最高だ。

ひと口かじった公爵様が、目を輝かせる。

「メルフィエラ、お前は天才だな！」

「そんな、公爵様。母の研究のおかげです」

「謙遜するな。正直、私は魔獣がこんなに美味いものだとは思っていなかったのだ。下処理とやらをせずに、今まで散々な目に遭ってきたからな」

そう話している間にも、ガルブレイスの騎士たちから感嘆の溜《た》め息《いき》が漏れ聞こえていた。「俺、メルフィエラ様に下処理の方法を教えていただきたい！」とか、「今度魔獣を狩ったらここに持ってきてもいいかな？」など、私にとって嬉《うれ》しい感想ばかりだ。

「こんなに美味いものを今まで廃棄してきたなど、考えたくないものだ」

「普通は食べ物として考えたりしませんから。それに、魔物食を禁忌としている者もおります。それにしてもロワイヤムードラーは素晴らしいですね。煮込みにするのがもったいないくらいです。炙りで正解でした」

「部位によって食感や味わいが違うからな。煮込みに最適な部位もあるのではないか？」

公爵様は一本目をたいらげ、二本目に突入している。一本目とは違う部位なので、その味の違いを楽しんでいるようだ。マーシャルレイドの騎士たちも非常にいい笑顔になっている。クロード騎士長も、騎士たちがどんどん串肉をたいらげていく姿を見ながら二本目をかじっていた。

「メルフィエラ様、あの……もう少し、食べてみたいのですが」

ガルブレイスの騎士ミュランさんが、私に許可を求めてくる。

（そうだ、このロワイヤムードラーは、公爵様から私に贈られたお土産だった）

私は少しだけ考える素振りをして、期待に目を輝かせているミュランさんに向かって笑みを返した。

「お屋敷で用意しているお食事をきちんといただいてくださるのであれば、もう少しだけどうぞ」

ロワイヤムードラーの串肉は最高だけれど、マーシャルレイドの料理だってすごく美味しい。お父様は、全員分の食事の準備をさせていることだろう。それに――

（念のために、ガルブレイスの騎士たちには泊まっていただき、何もないことを確認しておかなければ）

魔力あたりがないとも限らないので、少しでも違和感を覚えたら申告してもらうことにする。ミュランさんが三本目を食べ始めると、それを見ていた騎士たちが我先にと串肉に手を伸ばす。

（それにしても、手が止まらない！）

ロワイヤムードラーがあまりに美味しくて、私も二本目の串肉を食べてしまった。

◇◇◇

しばらくひたすら焼いては食べを繰り返した後、私はまだ食べたいという騎士たちにかまどを明け渡す。彼らは私のやり方をしっかりと見てくれていたので、串に肉を刺して焼いていく作業もお手のものだ。公爵様の香辛料はもうないので、自家製の香辛料と岩塩を砕いた調味料を使ってもらう。岩塩は旨味《うまみ》成分が豊富なので、少し固めの部位でも味わい深い肉にする効果があった。

（本当は試食だったはずなのに。騎士の皆さんは食欲が旺盛ね）

ガルブレイスの騎士もマーシャルレイドの騎士も、まだまだ胃袋に余裕があるようだ。幸い肉は大量にあるので、たくさん食べてくれても構わない。今日だけでなくしばらく楽しめそうな量だし、保存しておくといいかもしれない。本当は新鮮な肉でもっと色々と試してみたかったけれど、野菜の準備をしていなかったことが悔やまれる。

（熟成させても絶対に美味しいから、公爵様たちがお帰りになる時に持ち帰っていただきましょう）

私は先に後片付けに入ることにした。すぐさまクロード騎士長が気づいてくれたけれど、大丈夫だと追い返す。何やらマーシャルレイドとガルブレイスの騎士たちの交流が始まっているようなので、水を差すのは本意ではない。

血が残る石畳をざっと水で流し、洗浄剤を振りかけておく。それから、肉を洗った水を汚水用の浄化装置を通して排水路へと流した。

「もうすっかり冬ね。水が冷たい」

かまどの火や熱々の串肉で身体が温かくなったけれど、時折吹いてくる風や水は冷たい。本格的に片付ける前に温かい飲み物を用意しようと思い、私は研究室に置いてある茶葉を取りに行くために研究棟の魔法鍵を解錠した。

そこでふと、公爵様が私の研究に興味があるのなら、一緒に研究室に行ったらいいのではと思いつく。公爵様は串肉を五、六本くらい召し上がられたようだけれど、さらに焼き上がった串肉に手を伸ばしていた。

「あの、公爵様……」

「あっ、これはだな、いや、正餐《せいさん》はきちんと食べるぞ、メルフィエラ。心配ない、大丈夫だ」

私が声をかけると、公爵様が慌てたように串肉を後ろ手に隠す。いたずらを咎められた子供のような仕草がなんだか可愛《かわい》い。

「もう、そのひと串だけですからね？」

「わかった。食べ終えたそばから手を伸ばしたくなってだな。もちろん、マーシャルレイドの郷土料理も楽しみにしているぞ」

「ええ。今ごろうちの料理長が腕を振るっているはずです。楽しみにしていてくださいね。それと、今から研究室の方に行こうと思うのですが、ご一緒に来られますか？」

「研究室、というと、魔物食に関する資料もあるのか？」

「はい。ここにあるのはほんの一部ですが、もしよろしければご覧になってください」

今までの公爵様のご様子から、きっと魔物食以外のことにも興味を向けていただけるのでは、と私は少し期待する。

公爵様は隠していた串肉を豪快に口に入れると、しばらく咀嚼して手巾で口元を拭った。

「もちろん見せてほしい。あの魔法陣の秘密も知りたいところだが、その資料もここにあるのか？」

「重要な資料は屋敷の自室の方にあるんです。ここには、今まで食べてきた魔物などの資料や調理法、食べては駄目な魔物の資料が置いてあります」

「食べては駄目な魔物か。それは是非とも知っておきたい」

「それではついてきてください」

私はクロード騎士長に声をかけようと思ったけれど、騎士長は汚れた器具の後片付けや、肉を保管庫に運ぶので忙しそうだ。少しの間任せることにして、私は公爵様をお連れして研究室に向かった。

「それにしてもここの建物は変わっているな。どの建物も屋根が尖《とが》っていて、空から見たら針のように見えたぞ」

「雪深い地域特有の屋根なんです。酷い時には、雪の重みで屋根が潰れてしまうので、どの屋根も尖っていて、雪溶かしの魔法陣が描いてあります」

「ガルブレイスの土地は雪が積もることはほとんどないからな。それに私は一年中自分の領地と王都を行ったり来たりで、こんなに北の方まで来たことはないのだ」

　それには少し驚いた。公爵様ともなれば、他の貴族たちから招待されて、国中の色々な領地を巡っているものとばかり思っていた。公爵様には公爵様の事情がおありになるのだろうけれど、私が軽々しくお聞きしてもいいことではないような気がする。

「まあ、そうでしたのですね。ここの夜は冷え込むので、公爵様たちのお部屋にはたくさん毛皮をご用意いたしますね」

「毛皮か。まさか、それも魔獣の毛皮だったりするのか？」

　勘がいい公爵様は、ずばりと言い当ててしまった。そう、屋敷にある毛皮は、私が今まで美味しくいただいてきた魔獣のものだったりする。あまり大型の魔獣をいただく機会はないけれど、ヤクールという中型の肉食魔獣は人里までおりてきては悪さをする害獣だ。冬毛はふさふさしていて重宝するので、丁寧に皮革を剝いで利用していた。ヤクールの肉の方は、固くて臭いがきついので、香草と一緒に煮込んで食べる。ちなみに……あまり好んで食べたい味ではない。

研究室の魔法鍵も解錠して魔法灯をつけると、少し埃《ほこり》っぽい匂いはしたものの、王都に出かける前と変わらない状態だった。ようは片付けていない、雑多なものがあふれ返る酷い状態ということだ。

「汚いところで申し訳ありません。多分、そこの寝椅子が一番綺麗じゃないかと」

「なるほど、実に研究室らしい研究室だな！　別に座らなくとも構わん。ほう、これはあのスカッツビットの刺《とげ》ではないか？」

「はい、その通りです。スカッツビットの刺は魔物を捕獲する際の罠《わな》に使うのです」

「罠まで作るのか。お前には驚かされてばかりだな」

スカッツビットの刺が置いてある場所には、作りかけの罠やその材料で雑然としている。公爵様はそれをしげしげと眺めて唸《うな》った。

私は普段から茶葉を置いている戸棚を漁る。いくつかある瓶を開けると、お目当ての茶葉が見つかった。保存用の魔法陣がきちんと作用していて、かびは生えていないし、匂いも大丈夫そうだ。

「魔物を狩る時は、マーシャルレイドの騎士たちが手伝ってくれるのか？」

「たまに手伝ってくれますが、基本的に近くの村の猟師に頼んだり、自分で捕獲することが多いですね」

「自分で？　お前は伯爵家の令嬢だろう」

罠を見ていた公爵様がこちらに歩み寄り、私に静かに問いかけてくる。

「あの騎士たちは手慣れているようだが、伯爵や、なんといったか……騎士長は、お前の研究について、苦言を呈したりはしないのか？」

それには即答できず、私は何と言っていいものか困ってしまった。

お父様は、私がお母様の研究を受け継いでいることに反対はしていない。クロード騎士長も、本当に危険なことをしない限り、私に対して何か言うことはない。まるで腫れ物に触るように、私が魔物食を研究していることには直接触れてはこないのだ。

しかし、私は知っていた。本当は誰もが、私やお母様の研究に複雑な思いを持っていることを。かつてお母様によって飢餓から救われた者たちも、そのことを口外したくないと思っていることを。

このマーシャルレイド領では、魔物食を禁じる精霊信仰を持つ者が多くいる。十七年前の大干ばつの時に魔物食によって死を免れた領民たちは、魔物を食べてまで生きながらえた事実をひた隠しにしてきたのだ。

どう説明していいのか考えて、私の口から出てきた言葉はこれだった。

「信仰を妨げることはできませんから」

「精霊信仰か。お前は強い心を持っているのだな」

「強くなんてありません。私は……亡き母の研究をよすがにしないと生きていけないだけです」

「では、何故この土地で研究を続ける？　たとえ認められなくとも諦めたりはしないのは何故だ？」

公爵様は、否定も肯定もできない私の事情を汲《く》み取ってくれているように思える。思えば出会った時から、公爵様は私に偏見などお持ちではなかった。最初からきちんと説明したら、もしかしたらわかってくださるのでは、という小さな希望が私の口を開かせる。

「公爵様。十七年前の大干ばつを覚えておられますか?」

「無論だ。私がガルブレイスに養子に出ることになった原因だからな。お前も、そこから始まったのか」

公爵様は私の手を引くと、比較的綺麗にしている寝椅子に腰掛けて、私を隣に座らせた。並んで座った私は、どうすればいいのかわからず、膝の上に両手を置いて俯《うつむ》く。

「目を見ていては話しづらいだろう。こちらを向く必要はない。そのままでいいから、お前が『悪食令嬢』と噂になるまでのことを教えてくれ。お前のことが知りたい」

「……公爵様」

「アリスティードだ。お前は忘れているようだが、私……いや、俺はお前に婚約を申し込みに来たのだぞ。マーシャルレイド家が抱えている事情はある程度調べている」

公爵様の言葉に、私の背筋に冷たいものが走った。そう、貴族同士の婚約だ。相手の家の事情を調べていないわけがない。

「私のことをお調べになられたのであれば、お判《わか》りでしょう? 私は、社交界で三年も見向きもされない、曰《いわ》く付きの娘です。私を得ても余計なお荷物が増えるだけだと」

「俺は俺の目を信じる。お前の研究をやめさせようとは考えていない。ガルブレイス公爵家であれば、そのあくなき探究心を満たしてやれる」

「私の研究をお知りになりたいのであれば、私はいつだって協力いたします」

公爵様は先ほど、私の曇水晶が武器になると仰《おっしゃ》っていた。それがほしいのであれば、私は公爵様にならば私の研究のすべてをお教えしてもいいと思っている。クロード騎士長はそれを懸念していたようだけれど、公爵様は私の研究を悪い方には使わないと何故だか確信していた。

すると、俯いたままの私の手を公爵様が握ってきた。水で冷えていた私の手に、温かい公爵様の手が重なる。

「違うのだ、メルフィエラ。俺は……俺は、お前が俺をどう感じているのか知りたいのだ。お前は、『狂血公爵』と呼ばれる俺が怖くないのか？　魔物を屠り続け、血に塗《まみ》れ、公爵とは名ばかりの無作法な男のことを、どう思っている？」

思わず顔を上げてしまった私の目を、公爵様の琥珀色《こはくいろ》の目が覗《のぞ》き込んでくる。

困った、本当に困った。公爵様の、顔がいい。憂いを帯びて色気すらある整った顔が、目の前に迫っていた。

（えっと、私のことを知りたいって、そういうこと？　私が公爵様のことをどう思っているか知りたいということだったの⁉）

公爵様は緊張しているのか、手に力が入っている。口を引き結んで私をじっと見つめてくるので、私の方まで緊張してきてしまった。

「こ、怖いだなんて失礼な言い方です。公爵様は、とても凛々しく、格好いい……と思います」

「か、格好いい」

途端に、公爵様のお顔が真っ赤になる。私だって顔が熱い。

(どうしよう、公爵様がお聞きになりたかったことって、こういうことじゃなかったの⁉)

質問の意味を間違ってとらえてしまったのでは、と私が言葉を選んでいると、公爵様が確認してきた。

「本当にそう思うか？」

「はい。私もですが、十人が十人に聞いても間違いなく全員がそう思うかと！」

私がそう力説すると、公爵様は何故か悔しそうというか気落ちしたような微妙な顔になった。

「その、月明かりのような髪の色も素敵です」

「月明かり……いや、ただの色褪《いろあ》せた灰色なのだが」

「鋭く雄々しい目を向けられると顔が熱くなってしまいますし」

「……それはただ単に目つきが悪いだけで」

「琥珀色の瞳が魔力を帯びて金色になるのは、いつ見てもドキドキしてしまいます」

「これは魔眼だぞ。気持ち悪くないか？」

「いいえっ！　バックホーンの首を落とされた時の公爵様の素晴らしい金眼は、私の脳裏にしっかりと焼きついています」

私が力を込めてそう言うと、公爵様は益々憂いを帯びた顔をする。

「お前は、魔眼に当てられたのでは」

「違います！　一度見たら忘れられない迫力でした!!」

「そ、そう、か。お前が問題ないのなら」

何故かお互い目を逸《そ》らすことができず、私は恥ずかしさのあまりに早口でそのまま続ける。

「魔物を屠ることだって、誰かがやらなければならないことです。公爵様はお役目を全《まっと》うなされているだけで、何故皆、それを『怖い』で片付けてしまうのでしょうか。魔物相手に戦うのですから、武器だって必要です。血で汚れることも当たり前じゃないですか」

「気の利いたことも、洗練されたこともひとつもできないのだが、気にならないのか？」

「貴族は領民を守る義務があります。公爵様はガルブレイスの領民だけではなく、国民の安寧を担われているのです。贅沢をしたり遊びに興じたりすることに力を注ぎ、噂話を面白おかしく広めたりする貴族たちとは訳が違います」

やはり公爵様も心ない噂により傷ついておられたのだ。まだ私の手を握ったままだった公爵様が、私の指をいじり始めた。冷たかったはずの私の手はすっかり火照ってしまい、今は熱くて仕方がない。

「婚約者としては、どうだろうか」

公爵様が、ぽつりと呟《つぶや》く。

公爵様らしくない、自信のなさそうな小さな声だ。堂々としていて凜々しく、他人を思いやることができるお方が、何故そのようなことをお気になさるのだろうか。

そこでふと、私は公爵様のことを自分が考えていた婚約者の条件に当てはめてみた。

婚約してくれるのであれば本当は一般騎士でもよかったので、そこは申し分ないほどだし、むしろ公爵様と伯爵家の私との身分差が問題なくらいだ。それから、公爵様はかなりの美貌をお持ちで、こんなに素敵で格好いい人と毎日顔を合わせられるなんて素晴らしいと思う。私の方は普通に見られる顔だと思うけれど、公爵様と並ぶと見劣りしてしまうかもしれない。それはこれまであまり美容やお洒落《しゃれ》に気を使っていなかったツケだし、今さら誤魔化しようもない。私の研究については、口を挟まないでいてくれるならそれでよかったから、公爵様が私の探究心を満たしてくださるのであれば何も問題はない。

(こ、これは……お父様がお許しくださるなら、私にとって楽園のような日々が得られるということ⁉)

俗物的かつ打算的ではあるけれど、修道院に行くことを考えると、私にとっては飛びつきたくなる美味しい話だ。

でも、と良識ある私が待てをかける。でもそれなら、公爵様は私の研究を得る他に、私自身のことをどう思われているのだろう。私が公爵夫人として務めを果たせるとは思えない。勉強して頑張ったところで、どこまで立派になれるのか。不安しかない。考えれば考えるほど気になってきた。

「質問を質問で返すことをお許しください。公爵様であれば婚約者選びなど引く手数多《あまた》ではないですか？　何故、私なのです。いずれ婚姻に至ったとして、気味の悪い噂を持つ妻を領民の方々が受け入れてくださる訳がありません」

領民の命を救ったはずのお母様ですら、亡くなった後に話題にすらのぼらなくなったのだ。マーシャルレイドの領地は、精霊信仰が盛んなティールブリンク公国と隣接しているため、その信仰は領民の生活に根差していた。ガルブレイスの領地はここよりも南に位置していて、精霊信仰もここほどに盛んではないとはいえ、忌避される魔物を食する令嬢なんて嫌だろう。

「領民たちはお前を歓迎すると思うぞ。俺は騎士たちと共に日々魔物を狩るだけだ。魔物など、その皮革と牙や角などの素材にしかなり得ないものだと思っていた」

公爵の目が、私の目を通してどこか遠くを見る。公爵様は（多分無意識に）私の手をにぎにぎしながら、疲れたように話し始めた。

「毎日毎日、魔物の山。魔物が蔓延《はびこ》ると相乗効果なのか魔力が溜まりやすくなり、やがてそれが魔毒になって魔物が狂化する。ガルブレイス公爵の名を継ぐ者は、それを阻止する役目があるのだ。狩るのも人であれば、その死骸を処理するのも人だ。魔物を燃やして埋める作業にも膨大な費用がかかる。グレッシェルドラゴンや炎鷲《ほむらわし》、その他騎獣にしている魔物たちの餌にするにも限度があるからな。それでも俺は狩り続けねばならず、魔物は容赦なく涌《わ》いてくる」

エルゼニエ大森林は魔物の聖地。そんな風に考えていた私にとって、公爵様の語る事実は衝撃だった。確かに、魔物が体内に有する魔力は溜まりすぎると魔力が凝って魔毒になる。魔物が増えることで狂化に繋《つな》がるとは知らなかった。

(だから、ガルブレイス公爵家は養子を取るのね)

日々魔物と戦う騎士たちをまとめる度量と、魔物を屠るための屈強な身体と技量。加えて（私は言われるまでわからなかったけれど）公爵様は魔眼をお持ちで、その魔力量は普通の人とは比べ物にならないくらいに多いはずだ。まさにガルブレイス公爵となるために生まれてきたお方と言っても過言ではない。でもそれは、公爵様が本当に望んでそうなられたのかわからない。私には、公爵様が「そうあらねば」と自分に枷《かせ》をかけているようにも思えた。

「俺にとって、魔物とは狩らねばならぬものでしかなかった」

目をつむり、長い溜め息をついた公爵様が前髪をかき上げる。そして再び目を開けると、少しだけ微笑みを浮かべた。

「だからお前が楽しそうに魔物食について語り、実際にロワイヤムードラーを調理しているのを見て、俺は衝撃を受けたぞ。こんな考え方もあるのだと。俺たちも魔物を食べることはあるが、あんなに完璧に魔力を抜く方法などないと思っていたからな」

「それしか取り柄がなくてお恥ずかしい限りです」

「何を言う。俺はお前こそ素晴らしいと思っている」

「では、私の研究は公爵様のお役に立ちますか？」

私は、お荷物にならなくて済むのだろうか。そうであれば、お父様やシーリア様に迷惑はかからない。マーシャルレイドの『悪食令嬢』だって、誰かの役に立てるのならば、お母様や私の研究が日の目を見ることができるかもしれない。もちろん、公爵様には絶対に絶対に迷惑になるようなことをしては駄目だから、慎重にしなければならないけれど。

「お前の母親がやり始めた研究だというが、お前も立派にそれを受け継いでいるではないか。メルフィエラ、俺がいればお前に不自由はさせない。あらゆる悪意からお前を守る。だから、十七年前の大飢饉から領民を救ったその知識で、ガルブレイスの領民たちを助けてほしい」

そんなことを言われて、私は信じられない気持ちと、期待で頭の中がいっぱいになる。

これはきっと、私と公爵様の間の契約だ。物語のように甘酸っぱい愛だの恋だの、私たちの間にそんなものはきっとない。もちろん公爵様は美丈夫だけど、それはそれ、これはこれ。でも、公爵様とであればうまくいくような、そんな気になってきた。

隣り合わせに座ったままだけれど、私は居住まいを正して公爵様を見上げた。

「私の身に余る申し出をしていただき、とても嬉しく思います。公爵様はまるで救世主です。私などにはもったいないくらい、素晴らしいお方です」

「メルフィエラ。俺は回りくどい言い方は苦手なのだ。断るならば端的にお願いしたい」

公爵様の目が再び憂いを帯び、その声が硬くなる。違う、そういう意味ではない。断るだなんて、そんなこと――

「是非ともよろしくお願い申し上げます！」

もどかしくなって突然声を張り上げた私に、公爵様が目をぱちくりと瞬かせた。私は公爵様の手を握ると、ギュッと力を込める。お父様と話を詰める前に、是非とも私の気持ちを知っていただきたい。

「私はこの通り、誰にも見向きもされてきませんでしたけれど、研究にしか興味がなく、貴族の令嬢らしいことなんてまったくできませんけれど！　公爵様が魔物を狩ることがお役目ならば、私はそれを無駄にせず美味しくいただけるように協力します。魔力を溜めた曇水晶も公爵様に差し上げますから、遠慮なく使ってください」

私はこれ以上ないくらい、はしたなくも自分を売り込んだ。うまくいけば、結婚までいくのかもしれない。そうでなくても、研究者として暮らしていくのはどうだろう。ガルブレイス公爵家は跡継ぎを養子から選んでもかまわない特殊な貴族だ。「魔物を食べた者の子は魔物になる」と反対されても、養子でいいなら解決できる。本当は、それはちょっと……いや、かなり悲しくなるけれど。でも、公爵様に迷惑をおかけしないことを第一に考えなければ。

（なにより、私……公爵様のお役に立ちたい！）

婚約期間はいわばお試し期間だから、と都合よく解釈した私は、公爵様に向かって深々と頭を下げた。

「私にはそれくらいしかできませんけれど、それでいいと仰ってくださるのであれば、どうぞ貰《もら》ってやってください！」

◆　◆　◆

『違うのだ、メルフィエラ。俺は……俺は、お前が俺をどう感じているのか知りたいのだ。お前は、『狂血公爵』と呼ばれる俺が怖くないのか？　魔物を屠り続け、血に塗れ、公爵とは名ばかりの無作法な男のことを、どう思っている？』

あの時、俺の言葉を聞いたメルフィエラは、緑の目を丸く見開いていた。さぞかし驚いたことだろう。俺とて平静を装いつつも、答えを聞くまでその内心は戦々恐々としていた。

（怖くないか、だと。笑わせる）

俺のような地位のものからそんなことを言われても、正直に答えられるはずがない。そんな予想を裏切り、メルフィエラは実に正直に答えてくれた。「格好いい」などと言われ、柄にもなく動揺してしまったが。

俺の容姿はともかく、魔眼のことも大丈夫そうだとわかりかなりホッとした。俺は目が金色に光るくらいに魔力が強く、視線に魔力を乗せることができる『魔眼』を持っている。出会った時も魔眼が発動していたのだが、メルフィエラは「ドキドキしてしまう」と可愛らしいことを言ってくれた。多分、俺自身を受け入れてくれていると思う……思うだけで自信はないが。

また、メルフィエラは自分が役に立てるのかを気にしているようで、それは彼女が人から認められたいと思っている表れでもあった。俺に関していえば、そんなことを気にしなくてもいいのだが。彼女が彼女らしくあってくれれば、今のままで十分だ。


本当は、こんなに早く婚約をとりつけるはずではなかった。しかし、お節介な身内《こくおうへいか》は容赦なく俺をせっついてくる。

陛下からマーシャルレイド伯爵家の調査報告書を手渡されたのは遊宴会の最終日。ご丁寧に、どこかの貴族宛に送られたメルフィエラの釣書まであったのは、何の嫌がらせなのだろう。俺のところには送られてきていなかったというのに。

肖像画の彼女は可愛いが、どこか悲しげな顔をしており、髪も複雑に結われていた。俺は魔物を前に生き生きとした顔になる彼女の方が好みだ。あの綺麗な赤い髪も、ふわふわしている方がいい。

（そういえば、彼女の手は小さくてすべすべしていたな）

研究室でずっと彼女の手に触れていたことを今さらのように思い出した俺は、まだ残っている感触を思い出すべく手を握ったり開いたりしてみる。

（肖像画だけを見れば、婚約の話も普通に舞い込んでくるだろうにな）

報告書によると、彼女が『悪食令嬢』と噂になった原因――魔物食を好み、怪しげな研究をしていることについては、十七年前に国を襲った厄災と亡きマーシャルレイド伯爵夫人が関係していることが明らかであった。実際に噂になり始めたのは、父親である伯爵が後妻を迎えてからだ。その後妻は、どうやらメルフィエラを嫌っているらしい。そういえば、現在病気療養中だということだが。

今俺の目の前には、マーシャルレイド伯爵が座っていた。落ち着かないのか、どこかそわそわとしているように見える。

「だ、だいたいのところ、閣下のお考えはわかりました」

「そうか、ならば誓約書に署名をしてくれ」

「ですが、ガルブレイス公爵ともあろうお方が、あまり褒められた話のない私の娘を婚約者に選ばれるなど、未《いま》だに信じられないのです」

伯爵が言いにくそうに答える。

婚約の話を詰めるために、俺は人払いをして伯爵の本邸の応接間に籠《こも》っていた。メルフィエラの父親であるマーシャルレイド伯爵は、白髪まじりの茶色の髪に一見柔和そうに見える人当たりの良い顔立ちの男だ。頬が日に焼けているので、よく外出をしているらしい。

(それにしても父親と全く似ていないな。メルフィエラは母親似なのか)

伯爵はメルフィエラのように赤い髪でもなく目の色も違う。顔立ちも、愛らしい彼女の面影はかけらもない。きっと彼女は母親似に違いない。そうだ、母親の墓前に報告しておかねばなるまい。二日ほど滞在する予定なので、時間を見て案内してもらわねば。

俺は急に、メルフィエラのことが気になってきた。彼女は今ごろ何を考えているのだろうか。実はあの研究室で返事をしようとした矢先に、マーシャルレイドの騎士長が俺たちを呼びにやってきてしまったのだ。そのまま、彼女への返事はうやむやになっている。

間の悪い騎士長が、「屋敷で迎え入れる準備ができた」と報告に来たのだが、あれは絶対に俺たちの話を聞いていたはずだ。あのクロードとかいう騎士長、騎士として実によくできる人材だ。怪しげな申し出をした俺に対する警戒心はビリビリと感じているが、それも任務に忠実な証拠の表れだからな。まあ……何かと邪魔をされるのは勘弁願いたいが。

「公爵閣下。そちらの申し入れを私どもが断る理由はございませんが……本当に、本当に、娘でよろしいのでしょうか？」

「『で』いいのではなく、『が』いいのだ。あの類《たぐ》い稀《まれ》なる娘を得られるならば、ガルブレイス家として光栄だ」

「そ、そこまで言っていただき、父親として嬉しい限りでございます」

マーシャルレイド伯爵が、深々と頭を下げる。だいぶ自分を取り戻したらしい。応接間に入ってすぐ、俺が秋の遊宴会の出会いから、手紙をしたためるまでの経緯を話したところ、伯爵は口をあんぐりと開けてほうけてしまったのだ。スカッツビットの干し肉について絶賛したら、伯爵の顔が真っ青になった。「初対面の人に勧めるなと、あれほど！」と叫んでいたので、メルフィエラは後から叱られるかもしれない。

（すまないな、メルフィエラ。俺はどうやら余計なことを言ってしまったようだ）

暑くもないのに汗を拭う仕草をした伯爵が、応接机の上に置かれた婚約誓約書に目を向ける。ガルブレイス公爵家の紋章入りの上質な魔法紙には、既に俺の署名が入っていた。後は伯爵が署名するだけで、俺とメルフィエラの婚約が整う。何度も羽根筆を握ったり置いたりを繰り返しているので、伯爵はまだ迷っているようだ。

「それで、その、公爵様。私の娘を気に入ってくださったことはありがたいのですが」

「気に入ったなどという言葉は的確ではないな。私は、あの娘がほしい。彼女にはこちらの事情を話している。後は伯爵、貴方の許可を得るだけでいい」

「そ、そうは言われましても、あの娘が、ガルブレイス公爵家に受け入れられるのか心配なのです」

伯爵の心配はもっともだ。メルフィエラと違い、伯爵はこちらの事情を当然知っている。ガルブレイス公爵家当主は、別に妻を迎える必要性がない。養子で成り立つ家系が、何故婚約者を迎え入れようとしているのか。

腹を割って話す必要があると考えた俺は、まずメルフィエラのいいところを述べることにした。

「私がまず気に入ったのは、その度量だ。私を『狂血公爵』と知っていてなお、彼女は物怖《ものお》じすることはなかった。噂に踊らされず、私自身を見てくれていたことに、私は心惹《こころひ》かれたのだ」

「そうだったのですか……あの娘も苦労をしておりますので、何か感じるものがあったのかもしれません」

「それと、魔物に動じない度胸。顔やドレスが血塗れになっても『洗えば落ちる』とそれだけだ。魔物に慣れているガルブレイス領の娘でもそうそういないぞ」

「ま、まあ、娘は常に何かしらの魔物を捌いておりますので、はい」

「魔物の話になると生き生きとするのだ。今日も、なんとも癒される可愛らしい笑みで、嬉しそうにロワイヤムードラーを捌いていたぞ」

「あれが癒される？　可愛らしい？　我が娘ながら、血のついた巨大な刃物を手に微笑む姿はどうかと思うのですが。閣下……閣下も大概ですね」

伯爵は乾いた笑いを漏らすと、もう一度羽根筆を握る。それから、あんなに悩んでいたのが嘘《うそ》のようにすらすらと署名をすると、刻印の入った指輪を外して署名の後ろに魔法印を押した。

「公爵閣下。あの娘は、マーシャルレイドの土地では肩身の狭い暮らししかできません。精霊信仰と領民の生活は、切っても切れない関係です」

「精霊信教、だったか。ここには精霊信教の修道院もあるのだったな」

「はい。いずれ娘はその修道院に入る予定でした。娘のことを思えば反対したい……ですが、私には伯爵としての責務があります。情けないことに、父親としてあの娘を守ってやれないのです」

「ここが精霊信教を国教とするティールブリンク公国との国境である以上、余計なことをして向こうを刺激するわけにはいかないことくらい承知している。だが、十七年前の厄災をその禁忌で乗り切ったことは事実だ」

俺の言葉に、伯爵の眉が僅かに動いた。陛下からの調査書には、その当時のことは簡単にしか書かれていなかった。俺も先ほど、メルフィエラから少し事情を聞いただけである。

「俺は研究を止めさせようとは思っていない。ガルブレイス公爵家に来るからには、彼女のことは私が守る」

俺は誓約書を確認すると、自分の署名の上に手を置く。伯爵も手を置き、魔力を込めて魔法印を発動させた。手のひらにチリチリとした痛みを感じ、お互いの刻印が手の甲に浮かび上がる。これは魔法による誓約の証《あかし》で、誓約書に書いてあることが破られると、手が弾け飛ぶという物騒なものだ。

「後のことは安心して私に任せるがいい」

「閣下がこの誓約書を出してこられた時から覚悟はしておりました。娘のことは本気なのですね」

「当たり前だ。研究も含め、今後はガルブレイス公爵家が後ろ盾となる。ティールブリンクの精霊信教などに手出しはさせん」

「そう遠くない未来で、あの娘の力が必要になる時が参りましょう。公爵閣下、どうぞ娘をよろしくお願い申し上げます」

生活に根差した信仰を、今さらどうこうできない。ここマーシャルレイドでは、魔物は邪悪なもので、これからも魔物食は禁忌なのだ。マーシャルレイド伯爵は娘を守るために、俺に全てを託してきたということだ。

「やはり、貴族というものはしたたかだな」

「どうなさいましたか、公爵閣下」

柔和な顔で俺を見た伯爵の目は、抜け目なく光っていた。伯爵が垂らした餌に、俺は見事に引っかかってしまったというべきか。それとも、たまたま得た俺という魚を、伯爵が逃がさないようにしただけなのか。

「伯爵……いや、お義父上《ちちうえ》。今後は、『悪食令嬢』の噂を広めることを控えていただきたい」

「はて、何のことでしょう？」

「メルフィエラを守るために最初に噂を流したのは貴方だろう」

「人の口に鍵をかけることはできませんから」

伯爵はそれ以上俺の質問には答えず、ただその目を細めて笑っているだけだ。

噂話を好む者にとって、それが事実かそうでないかなど関係ない。特に社交界は、誇張された噂話ほど好まれ、そして広まるのが早い。

領地では箝口令《かんこうれい》を敷いてはいても、どこかからメルフィエラの話が漏れてしまったのだろう。だから余計な詮索を避けるために、伯爵は貴族の間に誇張した噂を意図的に流したのだ。そのせいで、彼女は『悪食令嬢』と呼ばれて避けられるようになったが、詮索と縁談を断る手間は省けたというわけだ。

修道院に行くという話が事実であるか知らないが、未婚の悪い噂がある娘を表向き修道院に入れておけば、マーシャルレイド伯爵家としての体裁は保てるというものだ。

（やり方は最悪だが、そうやって彼女とその研究を守っていた。……そうなのだろう？）

思えば、違和感はあったのだ。マーシャルレイドの騎士たちは、メルフィエラに協力的だった。特にクロードという騎士長は、やけに俺たちを警戒していた。まるでメルフィエラに害をなす者を監視するかのように。

そもそもの話、マーシャルレイド伯爵家の家長としてメルフィエラの研究を強引に止めさせれば問題は解決する。それを容認しているということは、そういうことなのだろう。

してやられた感はあるものの、伯爵が婚約の申し入れを受け入れたということは、そのお眼鏡に適《かな》ったということだ。まだまだ自分が未熟であったことが悔しい反面、彼女を守るに相応しい男だと認められてよかったと、俺は心底安堵《あんど》した。

第四章
ガルブレイスからの迎え

「お嬢様、これはどちらに？」

「えっと、割れ物はその木箱の中に入れてちょうだい。それから、そこからそこまでの書物はここにひとまとめに」

「メルフィエラ様、こちらの荷物は確認の後に封印を」

「は、はい！　すぐに行きます」

ここ数日、別棟にある私の自室は、まとめた荷物で溢《あふ》れ返っていた。私の研究室をそのままガルブレイス領に移すおつもりらしい公爵様の指示だ。荷物の仕分けは、マーシャルレイドの使用人たちと、ガルブレイスの騎士たちが手伝ってくれていた。

公爵様がグレッシェルドラゴンでマーシャルレイド領に来られた日。お父様と公爵様の話し合いがあった後、私たちは正式に婚約することになった。婚約の「こ」の字すらなかった三年間がまるで嘘《うそ》のような早さだ。

お父様から応接間に呼ばれ、婚約誓約書を見せられた私は、思わず公爵様の手を取りその甲を確認してしまった。それほどまでに強い魔法がかかった誓約書だったのだ。

「公爵様、こんなことをなされて大丈夫なのですか⁉」

「心配するな、メルフィエラ。この婚約が破られることはないという約束の証《あかし》だ」

「ですが……」

「お前の誠実さとその覚悟に応えたかったのだ。ケイオスには秘密にしておいてくれ。あれは色々と煩《うるさ》い」

そう言って、私の頬を優しく撫《な》でた公爵様に、私はそれ以上何も言えなかった。遥《はる》かに格下の伯爵家の娘相手に、公爵様は気を遣いすぎだと思う。世間一般の婚約がどんなものか知らないけれど、この婚約、普通ではない。


忙しく動き回り、私があれこれ指示を出していると、ガチャガチャという拍車の音と共にガルブレイスの騎士が部屋に入ってきた。黒い騎士服に身を包んだ短い金髪のその人は、グレッシェルドラゴンでお土産を運んで来てくれたミュランさんだ。

「メルフィエラお嬢様、ロワイヤムードラーは無事に外に運び終わりました。ご指示通りに凍らせたままの状態で、至急ドラゴンたちに空輸させます」

「ありがとうございます、ミュランさん。カチコチの方がいいから、冷気を遮断する魔法はかけないままで運んでくださいね」

「了解いたしました！」

ロワイヤムードラーの肉は、ガルブレイスの領地に持っていくことにした。どうせこちらでは誰も食べることはないので、置いておくのがもったいなかったからだ。解凍して食べてもよし、燻製《くんせい》にしてもよし、まだまだ色んな方法で楽しみたい。

公爵様が持って来てくださったあの香辛料は、とても美味《おい》しかった。ガルブレイス領には、まだまだ私の知らない未知なる魔物と珍しい香辛料がたくさんあると聞いている。もしかしたら、肉食性の魔獣を美味しくいただけるような調理法もあるかもしれない。

「それと、あの……ロワイヤムードラーの金毛はいかがいたしますか？」

つい妄想にふけってしまった私を、ミュランさんが引き戻してくれる。まだ年若いというのに、ミュランさんはガルブレイスのドラゴン隊を率いる隊長なのだそうだ。ドラゴンは高高度を飛空する。それなら凍ったままの肉を運ぶのに最適だという私の無茶なお願いを、二つ返事で引き受けてくれたいい人だった。

「あの金毛はここに置いていきます。これから益々《ますます》寒さが厳しくなるから、お父様やご子息様のために、暖かい上衣を編んでもらうことにしようと思います」

「……では、こちらの者に預けて参ります」

「ええ、お願いします」

ミュランさんは何か言いたそうにしていたけれど、私はこれでいいと思っていた。シーリア様は、ガルブレイス公爵様のお土産だと知ったら意地でも受け取らないだろう。でも、三歳になる異母弟のためなら、渋々ながら使ってくれるはずだ。なんと言ってもロワイヤムードラーの金毛だし、マーシャルレイド伯爵夫人ごときが手に入れられる代物ではないのだから。

「お嬢様、お召しものはこれで全部ですか?」

侍女がドレスを詰めた箱を指し示す。

「えっと、それは全部普通のドレスですか? 作業用のドレスも全部入れておいてくださいね」

「あの汚れたドレスをですか⁉」

「そう、汚れたドレスも全部」

研究資料などを全て箱詰めした後は、自分の身の回りのものだ。

作業用のドレスから靴から下着まで。ありとあらゆる私物を、粗い目の袋にどんどん詰め込んでいった。研究資料とは違い、私の私物は少ない。別に贅沢《ぜいたく》を好んでいたわけでもなく、お洒落《しゃれ》よりも研究だったので、普通の貴族の令嬢たちのようなドレスや装飾品は不要だったからだ。シーリア様に婚約者を見つけてくるように言われて仕立てた真新しいドレスが三着。それ以外は、お母様のドレスを仕立て直したものか、見かねたお父様から贈ってもらったものしかない。

(よし、あと少し。お迎えが来るまでに、荷物は外に運び出さないと)

なんと私は、これからガルブレイス公爵領に移ることになっていた。もうすぐ迎えがやってくることになっていて、私はそれまでに準備を終えなければならないのだ。これは、三日間の短い滞在中に、公爵様が、「マーシャルレイドの冬は長すぎる。私に春まで待てというのか?」とお父様に詰め寄った結果だったりする。公爵様が言われるには、ガルブレイスの土地は特殊なので、私に慣れてもらう必要があるとのことだけれど。

公爵様は一度領地にお戻りになっているので、私は公爵様が残してくれたガルブレイスの騎士たちと、急遽《きゅうきょ》引っ越しの作業に追われることになってしまったというわけだ。

（それにしても、婚約してすぐに相手の領地へって……婚約者になったらそんなに早く同居するものなの？）

普通であれば花嫁修業だとか、結婚までの支度だとかあるのだろう。しかし私は、頼りになるお母様を亡くしているし、マーシャルレイドの女主人であるシーリア様は、公爵様を怖がって本邸の自室に籠《こも》りっぱなしだ。使用人は使用人でしかなく、お父様は「公爵様の言う通りに」としか言わない。

私は随分と片付いた部屋を見回して、何か役に立ちそうなものを探してみる。

埃《ほこり》をかぶった裁縫箱があったので蓋を開けてみると、中の針はすっかり錆《さ》びていた。縫い掛けの手巾はクシャクシャになった状態だし、今さら使い道がなさそうだ。

（困った。ガルブレイス公爵夫人なんて務まりそうにないかも……）

何も裁縫だけが公爵夫人の資格ではないと思うけれど、お茶会での洗練された会話など無理だし、何よりも私には威厳がない。

「メルフィエラお嬢様、この箱にも封印をお願いします」

魔物の討伐遠征で荷造りは慣れている、というミュランさんが、テキパキと作業をこなしていく。

「はい、わかりました」

総出で片付けた結果、お母様が遺した研究書や、私が新たに書いた資料が入った木箱が部屋の外に積み上がった。私はそれをひとつひとつ確認しては、魔法で封印を施していく。封印は公爵様が作ってくださったもので、私以外の人が無理矢理開けようとしたら、開けた本人ごと爆発四散するものらしい。うっかり爆発しては大惨事だ。使用人たちに絶対に開けるなと言い聞かせているけれど、私の荷物にここまでする必要があるのだろうか。

「あっ、それは自分で持っていきたいの」

「かしこまりました。それでは、手荷物の方へ」

「お願いね」

使用人が、お母様と私が描いてある小さな肖像画を柔らかな布で包み、私の鞄《かばん》の中に入れてくれた。

お母様は生前、魔物の研究に勤《いそ》しんでいたから、着飾ったり宝飾品を身につけていたりという記憶はない。けれど、肖像画の中のお母様はまるで緑柱石のような瞳を輝かせていて、とても美しい人だった。緑の目は私にも受け継がれているけれど、お母様のように美人かといえば、そうではない。お母様は高価なカルトゥッサ産の宝石糸のようなサラサラの赤い髪で、私はその真《ま》っ直《す》ぐな髪をいつも羨ましがっていた覚えがある。

（このうねった赤毛は一体誰に似たのでしょうね）

私の髪は、手入れを怠るとすぐに爆発してしまうのだ。

そういえば、公爵様は私の髪を気に入ってくれているようで、滞在中はことあるごとに髪に手を伸ばしては感触を楽しんでおられた。ケイオスさんが言うには、「閣下は可愛らしいものや、ふわふわした小さな獣が好きなのです」ということだけれど……公爵様にとっては私は小さな獣枠なのか。ふわふわがお好きなら、少しくらい髪のお手入れが行き届かなくても大丈夫かもしれない。

空っぽになった部屋の中でしみじみと思い出していると、執事のヘルマンが私を呼びに来た。

「お嬢様、先方からお迎えが参りました。旦那様が本邸でお待ちです」

私が生まれる前からマーシャルレイド伯爵家に仕えてくれているこの執事は、いつも変わらず私に接してくれた数少ない人だ。お父様が後妻を迎えてから、家の侍女は全てシーリア様が連れてきた使用人と入れ替わっている。皆、魔物を食する令嬢と積極的に関わろうとはしてくれなかった。

「ありがとう。ゆっくりは話せないから、ここで挨拶をさせてちょうだい。お母様のように立派なこともできずに、中途半端なままで迷惑をかけてごめんなさい。それから、時々料理を食べてくれてありがとう」

「……私は自分の仕事をしたまでですから」

「ええ、そうね。お父様をよろしくね、ヘルマン」

私は最後に部屋の扉を閉めると、いつものように魔法鍵をかけそうになりハッとした。そうだ、もうきっと、この部屋に戻ることはない。

(……この婚約が失敗しなければだけど)


私はヘルマンについて別棟を後にすると、お父様が待つ本邸に入る。

通された客間で待っていたのは、お父様ではなく、病気療養中だったはずのシーリア様であった。

「シーリア様、体調の方はもうよろしいのですか？」

シーリア様はどうやら詐病ではなかったらしく、化粧をしていても顔色はあまりよくない。珍しいことに、部屋の中では三歳になる異母弟のルイが乳母と遊んでいた。ここにいるはずのお父様はどうしたのだろう。それに、公爵様が寄越した迎えの人たちはどこにいるのか。

私は何かあったのかと心配になり、執事のヘルマンを振り返る。しかしヘルマンも知らないとばかりに首を横に振り、シーリア様の方をチラチラと見遣《みや》った。

「あの、お父様は……」

「ドラゴン臭くて最悪の気分だわ。メルフィエラさん、行くなら早く行ってくださらない？　あのギャーギャーと煩い鳴き声がルイに悪い影響を与えていますの」

体調が思わしくなくても、シーリア様はシーリア様だった。形の良い眉を上げて、心底嫌そうな顔になる。

「お父様に挨拶をしたら出発します」

「ああそう。あの人なら外に出ているわよ」

「そうですか。私はてっきりここにいるものだと」

「貴女《あなた》の荷物に不備がないか確認するのですって。あの気味の悪い貴女の部屋もさぞかしすっきりしたことでしょう。余計なものを残して行かないでちょうだいね」

今日のシーリア様は、濃紺の控えめなドレスだ。派手さはないけれど、この間王都で見てきたばかりのドレスに似た仕立てで、最新の流行《はや》りのレースがついていた。特に伝えるつもりはなかったけれど、シーリア様の言葉で私は公爵様のお土産の一部を置いていくようにしていたことを思い出す。

「シーリア様、ロワイヤムードラーの金毛を置いていきます。今年の冬はいつもより寒くなるようですから、暖かい服を仕立てる時に使ってください」

「魔獣の毛だなんてぞっとするわね」

「とても貴重で高価なものだそうです。運良く手に入ると普通は国王陛下に献上するものだと聞いています。私には過ぎた品なので、シーリア様とご子息様に」

「あら、そう」

表面上は嫌そうにしていても、ロワイヤムードラーの金毛はお気に召したようだ。いらないとは言わないところがなんともシーリア様らしかった。元々、私とシーリア様の関係は遠くの親戚よりも希薄だから、お礼など期待していない。

「長い間、ありがとうございました」

だから私は、当たり障りのない挨拶だとしてもきちんとけじめをつけようと思い、深く腰を落としてゆっくりと淑女の礼をとる。ところがシーリア様の方は違ったらしい。暑くもないのに羽根扇でゆっくりと扇《あお》いで、少し顎を上げた。目は笑っていても、その口端は歪《ゆが》んでいる。

「ふん、白々しい挨拶だこと。おめでとう、メルフィエラさん。どんな手を使って公爵様を誑《たぶら》かしたのか知りませんけれど、修道院に行かずにすんでよかったですわね。せいぜい、公爵様に飽きられないよう努力なさいな」

気怠《けだる》そうに長椅子に座ったまま、シーリア様は羽根扇で口元を隠す。

私の婚約が決まってからの十日間、自室に籠ってしまったシーリア様とは一切顔を合わせることはなかったけれど、その皮肉交じりのもの言いは健在だった。最初、顔色が悪いと思ったのは私の目の錯覚だったのかもしれない。とりあえずいつもの調子でお元気そうだ。

「はい。努力いたします」

「わかっているとは思いますけれど、あえて言っておきます。たとえ貴女に公爵家の血が混じった子が生まれたとしても、マーシャルレイドの爵位を継ぐのは我が子ルイだけです。貴女の籍は、もうここにはなくなるのですからね」

「はい、私は嫁いで行く身です」

「貴女にマーシャルレイド伯爵家を継ぐ権利は一切ありません」

「肝に銘じておきます。今後は、ガルブレイス家のために尽くします」

「ああ嫌だ。そんなところまで優等生のエリーズ様にそっくりだなんて！　昔からそうだわ。とりすました顔をして、いいところを全部持っていくのよ。まったく、親子そろって忌々《いまいま》しい」

私の返事が気に入らないというように、シーリア様がピシャリと音を立てて羽根扇を閉じる。

エリーズとは私のお母様のことだ。シーリア様からお母様の話を聞いたことはない。でも今の言い方は、まるでお母様のことを昔から知っているような口ぶりだ。シーリア様とお母様は歳も随分違うし、シーリア様は王都出身でお母様は南の地方出身だから、一体どこで知り合ったのだろう。

「いいこと、メルフィエラさん。もし婚約が破棄されるようなことがあれば、次は猶予などありません。出戻ってきたら即刻修道院に入っていただきます」

「はい。そのような事態にならないよう、努力してまいります」

「これ以上話すことなどないわ」

シーリア様は、私に興味をなくしたように言葉を切ると、羽根扇を振って異母弟の名前を呼んだ。部屋の隅で遊んでいた異母弟が不思議そうにこちらを見て、トコトコと歩いてくる。シーリア様は長椅子まで歩いてきた異母弟を抱き上げると、その柔らかそうな頬に口付けをして立ち上がる。そして私を見ないようにするためか、後ろを向いてしまった。最初から最後まで、私とシーリア様の心が交わることはなかったけれど、自分の息子に向ける愛情は持ち合わせているようだ。

「シーリア様、ご子息様、くれぐれもお身体《からだ》に気をつけてくださいませ……お父様をよろしくお願いいたします」

シーリア様は私の挨拶には応えず、こちらを見ることもしなかった。でも、それでいい。シーリア様が私のことを疎ましく思うのは、貴族なら当たり前のことなのだから。

私はマーシャルレイド伯爵家の長子らしくできず、普通の令嬢のように淑女としての研鑽《けんさん》を積んでこなかった自覚はある。お父様に跡継ぎがいない時点で、私は社交界デビューを果たす前に婚約者を得ていなければならなかったのに。シーリア様が後妻として迎えられた時には、私は既に魔物食の研究ばかりしていて、社交界にまったく興味を持っていなかったのだ。誰かに言われるまでもなく、私は貴族として失格だった。それにお互い歩み寄ろうにも、そもそもの考え方も違う。シーリア様にとって、私の考えは理解に苦しむものでしかない。

「それでは失礼します」

客間を退出した私は、足早に玄関へと向かう。「まさか奥様がこちらに来られているとは知りませんでした」と平謝りをするヘルマンを促し、外に出てお父様を探した。

◇　◇　◇

（えっと、お迎えは馬車じゃなかったの？）

てっきり迎えは馬で来ていると思っていたけれど、玄関には馬や馬車の影も形もない。でも、私

の自室がある別棟の方からは、ドラゴンのような鳴き声が聞こえている。シーリア様がドラゴン臭いと言ったのはこれだったようだ。どうやら私は、お父様たちと入れ違いになってしまったらしい。

私はぐるりと屋敷の裏側に回り、別棟の方へと急ぐ。少し息切れしたところで、荷物を運んでいるお父様の姿を見つけた。

「お父様、こちらにいらしたのですね！」

「おお、メルフィ。支度はもういいのか？」

「はい、準備は終わりました」

荷物を使用人に渡したお父様が、こちらを向いて何か言いたそうにしている。長旅になると思い旅装に着替えていた私の姿を見て、お父様は目を細めた。

「その外套《がいとう》が着られるようになったんだね、メルフィ。それはエリーズがここに来た当初に私が贈ったものなんだよ」

「この毛皮の外套がお母様のもの……南の地方から来たのですよね？　お母様もマーシャルレイドの冬にびっくりしたのではなくて？」

「そうだな。雪を初めて見たと喜んでいてね。心ゆくまで雪に塗《まみ》れた結果、来てそうそう風邪を引いたんだ」

「まあ、お母様ったら。でも、想像できないわ」

お母様がそんな無邪気なことをしてただなんて知らなかった。私の記憶の中のお母様はキリリとしていて、いつも夜遅くまで机に向かっていた。

「エリーズはあれでいてどこか抜けていて、子供のようなことばかりしていた……。ああ、いや、そうか……私はお前とそんなことすら話すことがなかったんだな」

「どうしたの？　お父様、何か」

急に気落ちしたような顔になったお父様に、私は気になって側《そば》に寄る。その時、聞き覚えのあるドラゴンの鳴き声がして、私はそちらを振り返った。

「まあ、あれは公爵様⁉　まさか迎えに来てくださったのですか？」

一番立派なグレッシェルドラゴンの背には、なんと公爵様の姿があった。今日の公爵様は、黒い毛皮の外套に厚手の上衣を着ていて、すっかり冬支度ができている。マーシャルレイド領ではこの七日の間に益々寒さが増した。寒さに強いと言われているグレッシェルドラゴンたちも、吐く息が白くなり、流石《さすが》に寒そうにしている。

「ああ、先ほど上空から挨拶をされてね。陸路で向かうと十日以上もかかるからと、ドラゴンで迎えに来たのだそうだ」

お父様が、「ドラゴン、いいな」とボソリと呟《つぶや》く。確かに、マーシャルレイド領にはドラゴン種はいないから、羨ましいのはよくわかる。

ドラゴンたちは前よりたくさん来ていた。こちらに残って作業をしていたガルブレイスの騎士たちが、新たにやって来た騎士たちに大声で何かを指示している。自室にあった荷物は、ミュランさんの指示の下既に搬出してくれていたらしい。ドラゴンを着陸させた騎士たちと共に、ミュランさんが太く丈夫そうな縄で編んだ網の中に手慣れた動作で荷物を置いていく。

そして、あのひと際立派なドラゴンの上に公爵様がおられた。私の姿に気づいた公爵様が、こちらに向かって片手を挙げる。

「迎えに来たぞ、メルフィエラ！」

「公爵様、ありがとうございます。こんなに早くに再会できるとは思いませんでした」

「ぐずぐずしていると冬になってしまうからな。風邪など引いてはいないな？　いくら魔法で冷気を和らげることができても上空は寒いぞ。できるだけ暖かくしておくといい」

ドラゴンの背から飛び降りた公爵様が、毛皮の付いた黒い外套をばさりと鳴らして肩にかける。今日は、黒光りする鎧《よろい》まで身につけておられた。鎧にはガルブレイス公爵家の紋章はもちろん、古代魔法語のような文字が刻み込んである。

公爵様は私の前まで悠々と歩いて来て、あと一歩の距離で立ち止まる。腰には二本の剣をさげていて、まさに今から出陣といった装いだ。

その姿があまりに格好よくてドキドキしていると、公爵様がおもむろに片膝をついて私の左手を取った。

「我が婚約者殿、ご機嫌うるわしく存じ上げる」

そう挨拶をした公爵様が、なんと、私の左手の甲に唇を落とした。社交界でよくある、キスの仕草をするだけの挨拶ではない。本当に唇が当たっている。

（ど、どうしよう、私、手袋してない！）

「どうした、顔が真っ赤だぞ？」

「だだだだって、ここ公爵様が」

「私が？」

「もうっ、揶揄《からか》わないでくださいませ！」

公爵様が私を見上げ、意味ありげににやりと笑う。絶対、わかってやっている。騎士が貴婦人に忠誠を誓うような心ときめく挨拶なんて、人生で初めていただいた。

「……はっはっは、公爵閣下。よくもまあ、私の目の前でそのようなことがおできになりますな」

「許せ、お義父上《ちちうえ》。私の婚約者があまりにも可愛《かわい》くてな」

公爵様を半眼で見ていたお父様と、私の手を握ったまま立ち上がった公爵様が、私を間に挟んで睨《にら》み……見つめ合う。

私もしっかりと毛皮の外套を着ているので寒いはずはない。だけれど、何故《なぜ》か流れる空気が冷たい気がする。無言で挨拶の握手をするお父様と公爵様の手に思いっきり力が込められていたように見えたのは……私の気のせいだと思いたかった。

◇　◇　◇

バルトッシュ山や北の山脈の方に厚い雪雲がかかり始めているので、もう間もなく屋敷周辺にも雪が積もるのだろう。グレッシェルドラゴンが寒さでやられてしまわないように、マーシャルレイドの騎士たちが、別棟の周りに設置してある雪除《ゆきよ》けの魔法陣を展開させてくれた。幾分寒さが和らいだところで、ドラゴンたちが体勢を崩さないように荷物の重さを調整していく。

いよいよ出発の準備が整った時にはすっかり昼を回っていた。

私が最後の確認をしていると、お父様と話を終えた公爵様がやってきた。お父様から少し離れたところに、いつのまにか本邸にいたはずのシーリア様まで来ている。側にはシーリア様の侍女たちも控えていた。一応、マーシャルレイド伯爵家にとっておめでたい日だから、渋々でも見送りに出て来てくれたのかもしれない。

その他にも見送りに出て来てくれたマーシャルレイドの騎士や使用人たちの姿もあり、私は少しほろりときてしまった。

「メルフィエラ、忘れ物はないな」

「はい、公爵様！　ミュランさんが指揮を執ってくれて、研究資料や道具は全部箱詰めできました」

「封印がある箱すべてがそうなのか？」

「ええ、そうです。持っていくものと廃棄するものの選別に時間がかかりましたけど、なんとか」

「廃棄の箱はあれか。結構多いな」

「きちんと資料にまとめ終えたものとか、走り書きとか。紙が手に入らない時は、木の板に書いていましたから」

「よし。ミュラン、その廃棄の箱をこちらに持って来てくれ」

公爵様は、隅に置かれていた廃棄するものが入った箱を、騎士たちに言って真ん中の方に運ばせる。それは二人で抱えなければならないほどの大きな木箱に四箱分もあって、いい機会だから火を熾す時の材料にしてもらおうかと考えていたものだ。本当に捨てるだけなのに、公爵様は一体何をするのだろう。

「あれは燃やしても大丈夫か？」

「はい、捨てるものですから」

「よし」

何が「よし」なのかわからないけれど、公爵様は私の肩に手を置き、お父様たちがいる方を向いた。それからガルブレイスの騎士たちに合図を送ると、騎士たちをドラゴンに騎乗させる。

「マーシャルレイド伯爵、そろそろ出発したい」

私は公爵様に連れられてドラゴンの横に立った。この前のように、ドラゴンは乗りやすいように身体をかがめてくれる。私は先に乗った公爵様から手を引いてもらいその背に乗ると、落ちないように帯革で腰を縛られた。公爵様が背後から私をすっぽりと包み込むように座り、腰に腕を回して私の身体を支えてくれるから安心だ。でも、今日の公爵様は鎧を着ておられるから、背中に当たる感触が少し硬い気がする。

「公爵閣下！　本当に休んでいかれなくてもよろしいのですか？」

余り近寄ると危ないので、ドラゴンから離れた場所に立つお父様が声を張り上げて聞いてきた。

「私も頻繁に領地を空にするわけにもいかない。ガルブレイス領は秋の真っ盛りだからな。魔物が掃いて捨てるほど涌《わ》いてくるのだ」

「そうでした。そちらはまだ秋でございましたね」

秋は魔物の活動も活発になる季節だから、公爵様も忙しいというのに。わざわざ私を迎えに来てくださって申し訳ないと思うのだけれど、とても嬉《うれ》しかった。

「では、メルフィエラ。また春に」

「はい、お父様、また春に。私、しっかり頑張ってまいります！」

私はドラゴンの上からお父様に挨拶をする。次々と上空へと舞い上がっていくドラゴンを、お父様はやはり羨ましそうに見ていた。公爵様が手綱を引いて掛け声をかけると、私たちが乗ったドラゴンもゆっくりと羽を広げて離陸体勢を取る。公爵様が私の腰に回した左腕に力を込めてきて、私は万が一でも落ちないようにその腕を摑《つか》んだ。

「お義父上。すまないが、春に戻せぬかもしれん。その時は秋の婚姻の時までこちらで預かっておこう」

「閣下……結婚には準備も必要です。公爵家に嫁ぐにふさわしいものを揃《そろ》えるには、最低でも半年はかかります」

「よい。メルフィエラにふさわしいものは、すべてこちらで用意する」

公爵様とお父様の謎の会話に、私は首を捻《ひね》る。

私は一度、春になったらマーシャルレイドに戻ってくることになっていた。冬の間の約五ヵ月の間を留守にするだけで、その後は自分の領地で結婚の準備を進める予定なのだ。公爵様とお父様の間で交わされた誓約によると、婚約期間は約一年。それまでの間に、私はガルブレイス公爵夫人としての勉強と結婚の準備を並行して行わなければならない。

「さて、話はここまでだ」

「公爵閣下！」

まだ何か話したいことがあるようなお父様を遮り、公爵様がドラゴンを羽ばたかせてゆっくりと離陸させる。飛空魔法の風が巻き起こり、土埃が舞った。お父様や騎士たちは目を細めてこちらを見ていたけれど、風によってドレスが巻き上がったのか、シーリア様とその侍女たちの甲高い悲鳴が聞こえる。

「お義父上よ、心配は無用だ。メルフィエラは私が守る。私にはそれだけの地位も力もあるのだ」

そう言うと、公爵様は呪文を唱えて右手の示指に小さな火を灯《とも》す。ドラゴンの位置をずらし、公爵様が下を覗《のぞ》いて何かを確認した。

「ところで、メルフィエラ曰《いわ》くそこの箱は廃棄するものらしいが、ひとつひとつ燃やすのも面倒ではないか？　今日の私は気分がいい……片付けてやろう」

その瞬間、置かれていた木箱が白い火柱をあげた。

公爵様の魔法によって、廃棄箱が燃えていく。燃えていくというよりも、灰になっていく。白い炎など初めて見た。眩《まぶ》しいくらいの炎に私は顔の前に手をかざす。

（これが、公爵様の魔法）

それにしても凄い威力だ。下を見ると、一番炎に近い位置でマーシャルレイドの騎士長クロードが魔法による防御壁を展開していた。他の騎士たちは、お父様やシーリア様を守るようにして炎の前に立ちはだかっている。

さすがにいきなりだったからか、お父様の目が驚愕《きょうがく》に見開かれている。シーリア様の方は、多分、腰を抜かしてしまったみたいだ。侍女たちと一緒に近くにいた騎士にすがりついているけれど、その顔は恐怖に引き攣《つ》っている。

「それは対象を燃やし尽くせば自然と消える。そうそう、メルフィエラの自室や研究棟にも同じような魔法の封印を施してある……燃やし尽くされたくなくば、うっかり封印を破らないことだ」

「ガルブレイス公爵閣下！　これはさすがにやり過ぎです！　我が領主に何かあったらいかがなさ

るのですか！」

マーシャルレイドの騎士長クロードが、公爵様を見上げて叱責した。しかし、白い炎に照らされた公爵様は、悠然と微笑《ほほえ》みを浮かべている。その瞳は魔力を帯びて金色に輝いていて、私と目を合わせると自信満々の笑みをたたえた。悪戯《いたずら》が成功したような無邪気な笑いもいいけれど、少し悪そうな雰囲気の笑みも素敵だ。

「私がそのようなヘマをおかすとでも？　クロードといったか。お前はやはり見込みがある。ガルブレイスに来い、席は空けておくぞ」

「だ、誰が！」

「ははっ、冗談だ。お前の忠誠心は見上げたものだな……。公国の情勢に気をつけておけ。こちらも何か気づいたことがあれば伝えてやる」

クロードがハッとしたような顔になり、警戒を解いて騎士の礼をした。公国とは、隣のティールブリンク公国のことだろうか。マーシャルレイドではお父様の代になってからこちら、公国といざこざがあったとは聞いていないけれど。私が問いかけるように公爵様を見上げると、公爵様は「婚約者の領地を気遣うのは当たり前だからな」と仰《おっしゃ》ってくださった。もしかしたら私が知らないだけで、山脈の向こう側にある公国とラングディアス王国には、何か事情があるのかもしれない。

「よし、今度こそ行くぞ」

公爵様がグレッシェルドラゴンを操って、高度をぐんぐんと上昇させていく。白い火柱はまだ燃え盛っていたけれど、箱はすっかり燃え尽きていたから、いずれ自然と消えてしまうのだろう。

私を見上げていた人たちの顔が見えなくなり、その姿が豆粒のようになると、私はようやく顔を上げた。

「寂しいか」

「少しだけ……でも、これからの生活のことで頭がいっぱいです」

「お前は今まで通りにお前らしくあればいい。ガルブレイス公爵夫人の一番の務めは、夫である公爵を労《ねぎら》い、癒すことだ」

「労い、癒す……私にそんなことができるのでしょうか？」

正直、貴族の令嬢らしいことを何ひとつとしてできる自信がない。歌や楽器ができるわけでもなく、見て目の保養ができる美人でもない。

(その一番の務めが、一番難しいのでは)

私の不安が顔にも現れてしまったようだ。公爵様は私の結われた髪に触れ、少しほつれていた髪をくるくると指に巻き付けた。

「今でも十分に癒されている。お前から魔物の話を聞くのも楽しい。髪は……できるだけ下ろしていてくれ」

「私の髪、油断するとすぐに爆発してしまうんです」

「それがいいのだ。触るとふわふわで、最高に癒される」

先に出発したドラゴンたちが、上空で待機していた。そのドラゴン一頭一頭が薄い魔力の膜のようなもので覆われているから、あれが冷気を遮断する魔法のようだ。私も全然寒さを感じていないから、公爵様が魔法を使ってくれているのだろう。

隊列を組んだドラゴンたちが、悠々と空を行く。

「あの、公爵様。こちらの方向は……」

ここから行けば、ガルブレイス公爵領は真っ直ぐ南の方にあるはずだった。しかし公爵様がドラゴンの頭を向けたのは、バルトッシュ山がある北の方角だ。何故北に向かうのだろう。

ふと下を見ると、干上がった湖のほとりにある私の研究棟が見えた。空から見たのは二回目だけれど、どこか違和感を覚える。なんだろう、何か足りないような気がする。

（あっ、石畳がない⁉）

私はその違和感に気づいて声を上げそうになった。研究棟の中庭にあったはずの白っぽい石畳がなくなっていて、茶色の土が見えている。三日前までは確かにあったはずなのに。あの石畳には魔法陣も描いてあったから、もしかして剝がして持って行ったとかだろうか。

「事後報告になってしまった。まだお前の許可を得ていなかったのだがな」

「公爵様、魔法陣を描いた石畳は」

「すまない、メルフィエラ。放置しておくと悪用されかねないと思い、石畳ごと破壊してしまったのだ。だが、あの魔法陣は丸ごと描き写してある」

悪用する者など……と言いかけて、私は公爵様が心配している理由を思い出した。確か、私の研究は武器になるのだと仰っておられた。

「余計なお気を遣わせてしまってごめんなさい。あの魔法陣は、私だけにしか反応しないようになっているのです。染料に私の血を混ぜて描きましたから」

そう説明すると、公爵様は「むう」と唸《うな》り、私の頭をポンと撫でてきた。どうやら公爵様は、私に研究棟の様子を見せに来てくれたらしい。本当に律儀な人だと思う。研究棟そのものに封印までしてくださったことといい、最初の印象の通りお気遣いの人だ。

「血を混ぜる……それも、お前の母親の研究か？」

「いいえ。あの魔法陣は、お母様の魔法理論をもとに私が完成させました。何度も失敗した結果、曇水晶を併用することで落ち着きましたけれど、まだまだ改良の余地はあるかと」

「ガルブレイスで好きなだけ研究に打ち込むといい。魔物は私が狩ってきてやる。ロワイヤムードラーの肉を食べた者たちが、他の騎士たちに言いふらしてな。皆、他の魔物でも試してほしいとずうずしながら待っているぞ」

ガルブレイス公爵領の騎士たちに、まずは何を振る舞えるだろうか。先に持ち運ばせたロワイヤムードラーの肉でもいいし、何か新しい魔物でもいい。

公爵様の言葉に期待に胸を膨らませた私は、段々と遠ざかっていくマーシャルレイドの領地に、暫《しば》しの別れを告げた。

第五章 今が旬、魔魚の衣揚げ～食材：ザナス～

「公爵様、世界が真っ赤に染まっています！」

私の右側に、大きく赤い陽が沈んでいく。雲と大地が赤くなり、私も公爵様もドラゴンたちも。すべてが赤く染まった。

「こんなに綺麗《きれい》な夕陽《ゆうひ》を見たのは初めてです」

「ああ、綺麗だ。お前の髪色のようだな」

「わ、私の髪はこんなに綺麗じゃありません」

「いいや。あの魔法陣を発動させている時のお前の髪も、こんな風に輝いていた……美しいな」

公爵様が私の髪に触れる。私は恥ずかしくなって、公爵様の外套《がいとう》に顔を隠した。凄《すご》くドキドキする。

公爵様は本当に私の髪が気に入っているらしい。ケイオスさんからは「公爵様はふわふわした小さな獣が好き」と聞いていたから、髪を触られるのは嫌ではないけれど……やっぱり何か恥ずかしい。

そうこうしているうちに、陽はあっという間に遥《はる》か彼方《かなた》の稜線《りょうせん》に半分隠れてしまい、赤く染まっていた空が薄暗くなっていった。鳥は夜目が利かないけれど、ドラゴンたちはどうなのだろう。

気になった私は公爵様に尋ねてみた。

「ドラゴンは、夜目が利くのですか？」

「ある程度は。とはいえ、乗っている我々は慣れで飛んでいる」

「すごい、慣れたら夜でも安心なんですね！」

ドラゴンに騎乗できるだけでも希少なのに、公爵様たちはやっぱり只者《ただもの》ではない。

「信頼してくれるのは嬉《うれ》しいが、お前の身を危険に晒《さら》すわけにもいかん。宿泊予定地に着くまで少し我慢してくれ」

公爵様が短く呪文を唱えると、ドラゴンの角と尻尾に付いていた装飾品がぼんやりと光り始めた。隊列を組んでいるドラゴンたちも合わせたように光り出し、尻尾の先の方は光が点滅している。

「まあ、可愛《かわい》らしい」

「お互いの位置を確認するためのものだ。今は戦闘中でもない。安全第一だな」

もう間も無く、星が瞬く夜になる。下から見上げると、この明かりも星のように光って見えるのだろうか。もしかしたらこの光を見た人が、流れ星と見間違うかもしれない。

（グレッシェルドラゴンの流れ星……うん、夢があっていいと思う）

ドラゴンでの空旅は、非常に速くて快適だった。

冷気は公爵様が魔法で遮断してくださっているし、馬車のようにガタゴト揺れない。それに、公爵様専用の豪華な鞍《くら》がふかふかしていて、お尻も痛くならないというおまけ付きだ。

マーシャルレイド領を昼過ぎに出発してから、すでにいくつもの領地を通り過ぎていた。速いけれど、その分休憩だって必要になる。二回ほどドラゴンを休憩させたところで陽が落ちてしまったので、今は宿泊地まで急いでいる途中だった。

月が昇り始めてしばらくすると、左手側にかなり大規模な街が見えてきた。活気がある街なのか、中心部にたくさんの明かりが灯《とも》っていてキラキラと輝いて見える。

「あの街ですか？」

私は大地に広がる明かりの街をよく見ようと、少しだけ身を乗り出す。公爵様の左腕が腰にがっしり回されているから、とても安心できた。

「あれは王領の港街アヴニルだ。目指すのは領境にあるリッテルドの砦《とりで》なのだが、今夜は騎竜たちと砦に……」

「砦ですか⁉」

領境の砦と聞いた私はそわそわしてしまった。だいたいにおいて、境には森や川、山があり、そこにはたくさんの魔物がいる。

（もし小型の魔物を捕獲できたら……）

そんなことを考えていた私は、公爵様が何か言いにくそうにしていることに気づいた。こんな旅路は初めてだからよくわからないけれど、砦で補給でもするのだろうか。

「それでだな、メルフィエラ。本当はあの街でもいいのだが、騎竜たちの餌や受け入れのこともあってな。俺と一緒に街の方へ行くことも」

「街なんていつでも行けますから。領境には森や川がありますか？　夕食とか明日の朝食とか、野外料理だったりしますか⁉」

話を遮ってちょっと食い気味に質問してしまった私に、公爵様はびっくりしたような顔になった。

「リッテルドは川沿いにあるが……お前は、砦に一泊するのは嫌じゃないのか？」

「嫌だなんてそんな。むしろ少しわくわくしています。ドラゴンたちの食糧も手に入りやすいですから」

「それはそうなのだが。本当に寝る場所を提供してくれるだけだ。食事も携帯糧食しかない。街で食べていくのも泊まるのもありだと思うぞ」

「今の季節、魔魚たちも産卵のためによく肥えています。それに、森に入れば魔樹の木の実などが手に入るのではないですか？　夜の森や川が危険なら、私は携帯糧食でも構いません」

街に立ち寄るにも時間がかかるし、宿泊地まで一気に行く方がまだ負担にならない。それにここら辺の領地はマーシャルレイドから随分と南下して来ているため、森にまだ秋の気配が色濃く残っているに違いない。まだ資料や図鑑でしか見たことのない種類の魔物がいるのであれば、是非とも試してみたくなるというものだ。

　魔物のことになればすぐに見境がなくなってしまうのは私の悪い癖だけれど、街なんかよりも砦の方が絶対に素敵だ。新天地に向かっているという興奮も相まってか、私は期待を抑えきれず公爵様を見上げた。

「なるほど魔魚か。今の季節だと『ザナス』がいるはずだ。あれは他の魚の産卵場を荒らす厄介者だからな。捕獲しても誰も文句はないだろうが」

　さすがは公爵様だ。私よりもたくさん魔物に出会っているだけあって、かなりお詳しいようだ。

私は頭の中に入っている魔物図鑑をめくる。

「ザナス……ザナスザナス……あっ、わかりました、ザナス！　今がちょうど繁殖期の魔魚ですよね！」

　ザナスは確か、繁殖期になると海から遡上してくる大型の魔魚だ。なんでも食べる雑食性で、その長いヒゲに魔力を流して獲物を捕食する。小魚や他の魚の卵、それに昆虫や小動物まで食べるところはまるで私の魚版のようにも思えるから不思議だ。見た目は全然違うけれど、何故か親近感が湧いてくる。ザナスはマーシャルレイドでは見かけない種類だから、もし捕獲できるなら食してみたい。

「あれは釣り上げるというよりは、罠《わな》を仕掛けてすくい上げなければならないぞ？」

「罠、ですか。それでは捕獲は難しいですね。残念ですが、今回は時間がありませんもの」

あくまで目的地はガルブレイス公爵領なので、今回は諦めよう。また別の機会もあるだろうし、ザナスであれば公爵領にも棲息《せいそく》しているはずだ。

私の残念な気持ちが声にも出てしまったようで、公爵様が優しく肩を叩《たた》いた。

「そんなに落ち込むな」

「ごめんなさい。魔物のことになるとつい」

「俺は気にしてない。むしろ俺の方こそ魔物のことになると見境がなくなってしまうからな。主に狩る方専門だが。まあ、砦に行けば捕獲用の罠もあるだろう。今晩は罠を仕掛けて、明日朝に見に行けばいい」

「よ、よろしいのですか？」

「出来合いの不味《まず》い携帯糧食より、新鮮で出来立ての温かい食事の方がいいに決まっている。明日の朝食は期待しているぞ」

公爵様は、こんな時にも優しかった。私のために無理をしているのではないかと心配にもなるけれど、ガルブレイス公爵領ではマーシャルレイドよりも魔物食に寛容なのかもしれない。

（そういえば、公爵様たちも魔物を食べて飢えを凌《しの》いだことがあると仰《おっしゃ》っていたような）

どんな魔物をどんな風に調理したのか興味が湧いて来たので、私は何気なく聞いてみることにする。

「そういえば公爵様は、お仕留めになった魔物を食されたことがおありになるのでしたね？　どのような魔物だったのですか？　調理法は？　料理のお味は？」

「うっ……あれを料理と呼べるかどうか知らんが」

薄暗くてよくわからないけれど、公爵様の顔色がサッと青くなったように見えた。公爵様が、どう表現していいのかわからないというように指をわきわきと動かすと、真顔になって私を見る。何かすごく苦いものを食べたみたいに、眉の間に深い皺《しわ》ができていた。

「すごく」

「すごく？」

「すごく、硬かったな」

ポツリと呟《つぶや》いた公爵様のひと言で、私は大体のことを悟った。

「それに、臭かった」

「肉食性の魔物だったのですね」

「まあ、ほぼ肉食だったな。だが、適当に切り取った肉に塩をまぶして焼いただけでは料理とは呼べんだろう。腹を壊してはと思いよく焼いたが、結局皆腹を壊してだな」

お腹を壊したのは、魔力を抜かずに食べてしまったからだろう。ロワイヤムードラーの魔力を魔法陣で吸い取った時、公爵様は随分と感心されていた。魔物を狩ることを生業《なりわい》にするガルブレイスの騎士たちですら、外部から取り入れた魔力を昇華することができないらしい。いや、違う。ガルブレイスの騎士だったからこそ、お腹を壊すだけで済んだのかもしれない。多分普通の人であれば、寝込んでしまったに違いない。

「何の魔物かお聞きしても？」

そんなに手強《てごわ》い魔物が、ガルブレイス公爵領に、エルゼニエ大森林には跋扈《ばっこ》しているのだ。私は公爵様が食べた魔物の種類が気になった。

「すごく硬かったのは『ベルヴェア』だ。臭かったのは全部だが、特に臭ったのは『スクリムウーウッド』で、食べられたものではなかったのは……『ガルガンテュス』だ。あれは絶対に食物になり得ん」

酷《ひど》い目に遭った時のことを思い出したのか、公爵様は身体《からだ》をブルッと震わせて、しんみりとしてしまった。

ベルヴェアは四つ脚の蹄魔獣《ていまじゅう》で、バックホーンの亜種だ。バックホーンよりもかなり凶暴で、縄張り意識が相当強い。もちろん完全に肉食で、全身これ筋肉のような魔獣だから当然肉質は硬い。

スクリムウーウッドは枯れ木に扮《ふん》した魔樹で、幹に空いた穴から叫び声のような音を出す。その果実は見るからに美味《おい》しそうに赤く実っているけれど、皮を剝《む》く時に出るアクがとにかく臭いらしい。

ガルガンテュスは見たことも聞いたこともないけれど……もし公爵様が狩って来てくださったら、美味しくいただくことができるのか実食してみたい。

「私が魔力を抜いたら、きちんと食べられるものになるのか知りたいところです」

「ベルヴェアとスクリムウーウッドはまあ、頑張ればいけないこともない」

「マーシャルレイドでも『ヤクール』という中型の魔獣は食用向きではありませんでしたから、そのガルガンテュスという魔物もそうなのかもしれませんね」

「ガルガンテュスは燃え盛る炎と岩に覆われたような魔物だ。中身はドロッとしていたが、空腹に耐えかねた俺が本当にそれを飲み干したのかどうか、まったく覚えてない」

公爵様はそう教えてくれると同時に手綱を引き、ドラゴンを降下させ始めた。ドラゴンの頭が向いた方向には、黒々とした森と大きな川が見えている。

「その点、リッテルド砦の川で獲れるザナスは普通に美味《うま》そうな見た目だからな。メルフィエラ、このまま砦に降りるまで私にしがみついていろ」

「は、はいっ」

私は公爵様の言う通りに、その腰に腕を回してしがみついた。結っていた髪がバラバラにほつれていき、旅装の裾がバサバサと風に煽《あお》られる。

（ザナスは肉厚そうな見た目だから、ガツンと食べ応えのある調理法がいいかも）

無事に獲れたら、煮込みではなく衣をつけて揚げてみるのもいいかもしれない。それなら公爵様も騎士たちもたくさん食べられるだろう。携帯糧食は栄養価は高いけれど、もそもそした食感で正直あまり美味しいものではないから、出来たての温かい料理を振る舞ってあげたい。

（もしザナスが獲れなかったら、とっておきの塩漬け肉をお出ししましょう）

私は、図鑑でしか見たことのない魔魚ザナスのことで頭がいっぱいになった。

◇　◇　◇

そうしてあっという間に降り立った私たちは、何故か私の方を見て驚愕《きょうがく》している砦の騎士たちに出迎えられた。公爵様曰《いわ》く、リッテルドは王領の砦なので、ここを守る騎士たちは国王陛下直属の騎士だそうだ。

飾り羽根がついた兜《かぶと》を被《かぶ》った背の高い騎士が、公爵様に向かって最上級の騎士の礼をする。公爵様はそれに片手を上げて鷹揚《おうよう》に応えると、ミュランさんを差し向けた。私も挨拶をしようかと思ったけれど、公爵様が私を外套で覆って騎士たちからさりげなく隠してしまったので、皆の様子が見えなくなってしまった。それでも声だけは聞こえてくる。

「ドラゴンで夜間飛行とはオツなもんだな。今月何度目だ、ミュラン」

「やあ、ベイガード。今日はお前が宿直だったたか。度々迷惑をかけてすまないな」

「度々すぎやしないか？　まあいい、この前と同じ場所で大丈夫だな？」

「それなんだが、閣下の客人もご一緒なんだ」

「おい、どう見てもその客人は女性じゃないか⁉　なんで街に行かないんだ？　まさかここに泊まっていくとかじゃないよな？」

「そのまさかだよ。砦の西翼は全部借りるから、配慮を頼む」

「んなこと言っても、ここに洒落《しゃれ》たものなんて何もないぞ！」

洒落たものなんて何もいらないのだけれど、なんだか気を遣わせてしまったみたいだ。

ミュランさんが砦の騎士たちに挨拶をしている間、公爵様は残りの騎士たちにドラゴンを預け、先に降ろしていた私の荷物の荷解きを手伝ってくれた。全部を出すわけじゃないので、着替えとちょっとした器具などを手頃な大きさの袋に詰め直す。

実はマーシャルレイドからは使用人を連れて来ていないから、自分のことは自分でやらなければならなかったりする。お母様の研究を継いでから自分のことは自分でするようになったけれど、ちゃんとしたドレスは一人では着られない。明日のドレスはどうしよう。旅装なら一人でもなんとか着替えられるかも。

（まあ、なんとかなるでしょう。そんなことより、忘れずに塩漬け肉も出しておかなければ）

荷物を漁《あさ》りながら、私は油紙に包んで小分けしていた肉を取り出した。この肉はロワイヤムードラーのもも肉を塩漬けにしたものだ。十日の間乾燥させていたおかげで、いい具合に半生状態になっている。

いそいそと準備をしている私に、ドレスとその他の細々とした日用品が入った袋を持った公爵様が話しかけてきた。

「メルフィエラ。やはり、今からでも街の方に行こう。考えるまでもなく、こんな領境の砦に女性を寝泊まりさせようとしていた俺がどうかしていた」

公爵様は何故かしょんぼりしているようなご様子だけれど、何かあったのだろうか。

「私はまったく気にしていません。この砦の雰囲気はどことなく研究棟に似ていますし、といいますか、素敵な砦だと思います。それに、公爵様がいてくださるのですから、怖いことなんてありません」

もし魔物が襲ってきても、公爵様とガルブレイスの騎士たちがいてくれるなら安心だ。国王陛下直属の騎士もいるし。公爵様の強さを間近で見ていた私にはよくわかる。ガルブレイスの騎士は、騎士とは名ばかりの貴族騎士たちとはまったく違う。

私が信頼を込めて公爵様を見上げると、公爵様は視線をうろうろと彷徨《さまよ》わせた。

「そ、そこまで信用してくれているのは嬉しいが……いくら平和とはいえ、砦は女性が快適に過ごせる場所じゃない」

「私なら本当に大丈夫です。床の上で寝落ちするのが普通ですから」

私が胸を張って答えると、公爵様が「それは普通ではないのでは？」とボソリと呟いたのが聞こえた。そんなにおかしなことだろうか。夢中になるとついつい自室に戻る時間が惜しくなるのだけれど、それは駄目なことだったらしい。

「閣下、ご準備が整いました！」

「ああ、今行く」

ガルブレイスの騎士が呼びに来たので、私と公爵様は、呼びに来た騎士に荷物を預けて西翼の砦に向かった。石積みの壁は飾り気がなく、とても強固な造りになっている。

「砦の中って意外と広いのですね。それに、壁がこんなに分厚い」

「籠城戦《ろうじょうせん》に耐えられるようになっているからな」

「それなら魔物の襲撃にも耐えられそうですね」

私は騎士に案内された部屋の中に入る。そこには既に、色々と宿泊の準備を進めていたガルブレイスの騎士たちがいた。半数くらいが装備を解いていて、奥の方から何かの食べ物のような香りがしている。

（そういえば、お腹が空いてきたような）

すぐに駆け寄ってきた顎鬚を蓄えた騎士が、公爵様の前で直立して現状を報告する。

「閣下、これより二班に分かれます」

「アンブリー班は早寝か」

「はっ！　既に調理を開始しておりますので、軽食を取った後に先に休ませていただきます」

「わかった。何かあれば直《す》ぐに報告せよ……ああ待て、そうだった。リッテルドの騎士に『ザナス』を獲っておくように伝えてくれ」

「ザナスとは、魔魚のザナスですか？」

騎士は疑問に思ったのだろう。どうせ獲《と》っても締めて捨てるだけの魔魚を、一体何故？ というような顔をしている。

「そのザナスだ。時期的に遡上していかないように罠を張っているはずだ。一匹くらい譲ってくれるだろう」

「はあ、了解しました」

首を捻《ひね》りながらも敬礼した騎士は、リッテルドの騎士に公爵様の伝言を届けるためか部屋から出て行った。公爵様はそれを見届けると、私の側に近寄ってきて外套を脱がせてくれた。

「メルフィエラ、疲れているだろう」

「いいえ、公爵様の魔法のお陰で空の旅は快適でした」

「明日も同じくらい飛ぶから休んでいろ。すぐに軽食を持ってくる。ゆっくり座っているといい。足湯を持たせよう」

気を遣ってくださった公爵様には悪いけれど、私は自分の疲れよりも軽食のことが気になった。この部屋に充満する、なんとも粉臭い匂い。一体何を作っているのだろう。

「あの、私、足湯よりも気になることが」

「何だ？ 湯浴《ゆあ》みでも大丈夫だぞ。遠慮なく言ってくれ」

公爵様が柔らかく微笑んで、私のほつれ毛に指を絡ませてくる。湯浴みはしなくて大丈夫だけれど、髪は綺麗にしておくべきだろうか。公爵様はふわふわが好きだと仰っておられたし、何を使えば髪をふわふわに……いや、そんなことに時間を使うのはもったいない。せっかく公爵様が遠慮なく、と言ってくださったので、私は遠慮なく言ってみた。

「奥の調理場に入ってもよろしいですか？　私、調理を手伝ってきます。ここに少しだけ持ってきているものがあるんです」

「マーシャルレイドの領地からか？」

「皆で分けられるだけの分量はありますから。公爵様、よろしいでしょうか」

私は袋の中から油紙に包んだ肉を取り出してみせる。すると、公爵様の顔がパッと明るくなったような気がした。

「わかった。だが、決して無理はするな」

「はい、公爵様。それでは少し手伝ってきますね」

公爵様の了解も得たので、私はいそいそと調理場を覗《のぞ》いてみる。そこにはお湯を沸かす騎士と、木でできた大きな器に何やら粉を入れている騎士がいた。

お湯を沸かしている騎士はミュランさんだ。私はそっと近づくと、大きな器相手に四苦八苦している黒髪の騎士の横に立つ。

「あのぅ、それって穀物粥《こくもつがゆ》ですか？」

「こ、これはお嬢様。こんなところに入ってはなりません」

「公爵様の許可は得ています。それより、その穀物粥ではお腹が空《す》いてしまいそうですよね」

色々な種類の穀物を粉にしたものに熱いお湯をかけて練り上げる穀物粥は、栄養価は高いけれど味気ない。いわゆる病人食で、夜中に起き出して夜番につく騎士たちの英気は養えないと思う。携帯糧食としては申し分ないのだけれど、どうせならもう少し美味しくいただきたい。

不思議そうな顔で見てきた騎士に、私は例のアレを掲げてみせた。

「えっと、これなんかどうでしょう？」

私がロワイヤムードラーの塩漬け肉を取り出すと、あの時一緒に串肉の味見をしたミュランさんが「あっ！」と嬉しそうな声を上げる。

「よろしいのですか、メルフィエラお嬢様」

「是非メルフィと呼んでください。自分で言うのもなんですが、この塩漬け肉はとても上手にできましたから。穀物粥に混ぜたらきっと美味しいと思います」

「それはすごくいいお考えだと思います！」

ミュランさんが両手を上げて喜びを露《あら》わにした。もう一人の、今回はじめましての騎士は、はしゃいだ声を上げるミュランさんに怪訝《けげん》そうな顔になる。彼は、絶品ロワイヤムードラーの串肉を食べていないので、私が持っている肉の美味しさを知らなかった。

（これはまず、この方に塩漬け肉の美味しさを味わってもらうべき？）

「そんな顔をするなよ、ゼフ。これはメルフィエラお嬢様、あっと、メルフィ様のとっておきなんだぞ？」

「おい、それって、あの金毛の肉か？　ケイオス補佐といい、アンブリー班長といい、お前といい……大丈夫か？」

「大丈夫に決まっているだろう！　お前も食べればわかる。食え、今すぐ食って跪《ひざまず》け」

ミュランさんと、ゼフさんが何やら揉《も》めはじめた。魔物食のことを初めて聞いた人は皆ゼフさんのような反応だから、これはもう食べて納得していただくしかない。いくら口で言っても、これはかりは伝わらないのだから。


私は勝手に刃物を拝借して、塩漬け肉を薄く切る。それから木串に肉を刺して、軽く炙《あぶ》った。本当は塩抜きしておいた方がいいのだけれど、薄切りだからそれほど塩辛くはないだろう。細かい脂が炎に炙られて溶けていき、すぐに香ばしい匂いが立ちのぼる。炙られた肉が縮んできて、肉の端に少しだけ焦げ目が入ったところで、私は木串ごと肉をゼフさんに差し出した。

「公爵様が私のために狩ってくださったロワイヤムードラーの塩漬け肉です。魔力はすっかり抜けていますから、安全に食べられますよ？」

するとミュランさんが待ちきれない様子でずいっと前に出てきた。

「メルフィ様、私が先にいただきたいです！」

「では、ミュランさんにもお味見を」

もう何枚か肉を薄切りにすると、ミュランさんは自分で肉を炙り始める。脂が小さく弾け、パチパチといい音と香りが漂った。

「お、おい。本当に食べるのか？」

「当たり前だろう。食わず嫌いしていたら人生損だ。それに、メルフィ様が魔力を抜いてくださった魔物なら、腹を壊したりしない」

戸惑うゼフさんを尻目に、ミュランさんが薄切り肉を一気に口の中に入れる。目が糸のように細くなり、ミュランさんは至福の顔で咀嚼《そしゃく》して飲み込んだ。よかった、ミュランさんはロワイヤムードラーの肉を気に入ってくれているようだ。

「この塩加減、疲れた身体に染みます！　最高です、メルフィ様。あの時の新鮮な肉も美味しかったですが、熟成されたこちらもまた捨てがたい味です！」

「ほう、そうか。それはよかったな、ミュラン」

突然、調理場の出入り口から地を這《は》うような低い声が聞こえてきて、私たちは一斉にそちらを見る。

「私にもひと口食べさせてはくれないか、メ、メ、メルフィ？」

そこには、とても悔しそうな顔をした公爵様が、背後に真っ黒な魔力を背負って立っていた。

何故《なぜ》か出入り口から一歩も動かない公爵様に、私は「公爵様、そんなところではなくこちらにいらしてください」と声をかける。公爵様は口を引き結んでむすっとしているけれど、怒っているわけではなさそうだ。先ほどまでは機嫌も良さそうだったのに、一体どうしてしまったのだろう。まさか、私がつまみ食いをさせてしまった（実際につまみ食いをしたのはミュランさんだけれど）のがよくなかったとかだろうか。

「ちゃんと公爵様の分もありますから、そんなに拗《す》ねないでください」

「拗ねてなどいない」

「では、少しお待ちくださいね。公爵様の分も炙りますから」

私がもうひとつ薄切り肉を炙って準備する間、ミュランさんとゼフさんは固まってしまったかのように微動だにしなかった。ミュランさんなんて木串を持ったままだ。

「はい、公爵様。どうぞ召し上がってくださいませ」

私はまだ動こうとしない公爵様の元まで行くと、出来上がった熱々の薄切り肉の木串を差し出す。公爵様はそれをチラリと見るだけで、受け取ろうとはしなかった。まだ口を引き結んでいるし、こちらを見る公爵様の視線がジトッとしている。拗ねていないなんて言っていたけれど、やっぱり拗ねているみたいだ。なんだか子供みたいで可愛く思える。

「熱々が美味しいのですけど」

私は薄切り肉を公爵様の口元まで運び、なんとかしてその口を開けさせようと考える。

（えっと、乳母はどうやって口を開けさせていたかしら？）

マーシャルレイドの三歳になる異母弟が、ご飯を食べずに好き嫌いする時、確か乳母はこう言っていた気がする。

「はい、美味しいですよ～。お口をあーんしてくださいね？」

乳母のように、なるべく優しく、笑顔で。乳母の「あーん」は魔法の言葉だ。彼女の手にかかれば、食べないとそっぽを向いていた異母弟も口を開けてしまう。そういえば、乳母は名前も呼んでいたような。

「公爵様？　えっと、アリスティード様？」

私が思い切って名前を呼んでみると、公爵様が目を丸くして驚いた顔になり、その口元が少しだけ緩んだ。

（よし、今だ）

私はとびっきりの笑顔になると、もう一度名前を呼ぶ。

「アリスティード様。はい、あーん」

その瞬間、サッと顔を真っ赤にした公爵様が、ぱかりと口を開けた。その隙を逃さず、私は薄切り肉を口の中に入れる。

（やった、乳母のようにうまくできた！）

公爵様は口を片手で押さえて咀嚼した。背後に立ち昇っていた真っ黒な魔力は霧散しているし、雰囲気も柔らかい。眉間の皺もないからもう大丈夫だ。昔の人は「美味しいものを皆で分かち合う場で争いは起きない」という名言を残しているけれど、それは本当だったみたいだ。

「どうですか？」

「……甘い」

「ふふっ、脂に甘味がありますものね。お気に召しましたか？」

「ああ」

「もう少し食べますか？」

無言で頷《うなず》いた公爵様の手を引いて、私は塩漬け肉の塊を切る作業に移った。調理場の隅に置いてあった椅子を近くに移動させ、そこに公爵様を座らせる。「立ったままでいい」と言った公爵様に、にっこり笑って「待っていてください」と告げると素直に従ってくれた。よかった、無事つまみ食いに参加できて満足されたようだ。

「さあ、穀物粥を練り上げましょう！」

さすがに騎士たち全員分は量があるので、肉の準備もミュランさんたちにも手伝ってもらうことにする。

「ミュランさん、ゼフさん。このお肉を小さく微塵《みじん》に切ってくださいますか？」

振り返った私は、直立不動で並んで立つ二人の騎士にお願いした……のだけれど、なんだか二人の様子がおかしい。ソワソワしているような、ぎこちない雰囲気だ。それでも、パッと片手を上げたミュランさんが、元気よく返事をしてくれた。

「はっ、はい！　それを微塵に切り刻むのですね」

「バカ、お前、お邪魔だろう⁉」

「しかし、閣下にお任せするわけにはいかないじゃないか」

「あー、もだもだする！」

　何やら小突き合いながらも作業を始めた二人の騎士は、私と公爵様の方をチラチラと見ては目を逸《そ》らす行為を繰り返す。そういえばゼフさんは、結局薄切り肉に手をつけなかったけれど、穀物粥の中に入れても大丈夫なのだろうか。

「ゼフさんは味見しなくて大丈夫ですか？」

「閣下がお食べになって大丈夫なものなら大丈夫なんでしょう」

「わかりました。無理にとは言いませんので」

　誰だって苦手なものはあるのだから、無理強いはいけない。しかし、ミュランさんはゼフさんの後頭部を刃物の柄《え》で小突いて説教を始めた。

「いいえ、メルフィ様――じゃなかったメルフィエラ様。こいつにも是非。私が許可します。ゼフは食わず嫌いなんです。いつも携帯糧食に文句を言うんですよ」

「煩《うるさ》いな、ミュラン」

「肉も野菜も、固いだの臭いだの。食べられるだけでありがたいんだぞ?」

「はいはい、わかりましたよ。ひと切れだけですからね」

ゼフさんが了解したので、ひとまず薄切り肉を準備する。公爵様がそんな私をジッと見ていたので、公爵様にもうひと切れ薄切り肉を用意して、「あーん」を駆使して食べさせた。ついでに、ゼフさんにも食べさせてあげることにする。肉を切る作業でついた脂でゼフさんの手も汚れているし、「あーん」はこんな時に便利だ。

薄切り肉をゼフさんの前に持っていくと、ゼフさんは怪訝そうな顔をして私を見た。

「なんですか?」

「はい、ゼフさんも。あーん」

「なっ、何考えへるんへふぐっ……」

私は少し強引に、問答無用でゼフさんの口の中に肉を押し込んだ。目を白黒させながら、ゼフさんが口を閉じる。それから何度か咀嚼した後、ごくりと肉を飲み込んだ。

「どう、でしたか?」

感想を聞こうと待つ私から目を逸らし、ゼフさんがぼそっと呟く。

「……美味かった、です」

◇◇◇

ロワイヤムードラーの塩漬け肉入り穀物粥は、騎士たちに大好評だった。塩漬け肉を微塵に切った後、軽く炒《いた》めたことがよかったようだ。香ばしい匂いと脂の旨味《うまみ》、それに塩加減が絶妙で、大きな器があっという間に空っぽになる。まだ何か食べたそうにしている騎士に、私が「残りのロワイヤムードラーの塩漬け肉を全部食べていい」と告げたところ、あんなに嫌がっていたゼフさんがミユランさんと競うように調理場へと駆け込んで行った。

「ほら、メルフィ。あーん、だ」

私はというと、公爵様の隣に座り、穀物粥を食べさせられている真っ最中だ。私は子供でもないのだし、両手だって空いている。それに拗ねてなんかないのだから、「あーん」をする意味が見当たらないというのに。私に粥がのった匙《さじ》を差し出してくる公爵様は実に機嫌がよく、いい笑顔だった。

「公爵様も、塩漬け肉をお食べになってこられたらいかがでしょう。私は自分で食べますから」

「駄目だ。俺が食べさせてやる」

「もう、仕方ないですね」

私は口を開け、公爵様が差し出した匙から粥を食べる。胃の中に染みわたっていくような旨味は絶品だ。ロワイヤムードラーの肉は、私が食べて来た魔物の中でも五本の指に入るくらいの美味しさだった。

「メルフィ」

「なんでしょう、公爵様」

「そのことなんだがな」

結局、穀物粥を最後まで食べさせてくれた公爵様が、言いにくそうに切り出してくる。そのこと、とは何を指しているのか、私にはまったく見当もつかない。

「その、普通に呼んでくれ」

「公爵様」

「違う」

「閣下」

「もっと違う」

「ええっと……アリスティード様？」

「うむ、それだ」

私が名前でお呼びすると、公爵様が満足げに頷いた。

「ケイオスによると、婚約者はお互い名前や愛称で呼ぶのが常識らしい」

「そういえば、お父様とお母様も名前で呼び合っていましたね」

なんと常識だったとは。まったく知らなかったけれど、私の両親もそうだったのだから、ケイオスさんが言うことは正しいのだろう。今までずっと『公爵様』としかお呼びしていなかったから、名前でお呼びするのは少し恥ずかしい。でも、今から慣れておかないと。

「で、では。ア、アリスティード様」

「なんだ、メルフィ」

メルフィという愛称は、今ではお父様しか呼んでくれなくなってしまったので、公爵様からそう呼ばれると照れてしまいそうになる。

「もう少しきちんとお呼びできるように練習しますね」

「ははっ、なんなら愛称でもいいぞ？」

「あ、愛称ですか」

公爵様のお名前は、アリスティード・ロジェだからティードだろうか？

（それともロジェ？　まさかもしかしてアリス？）

と考えて、私はアリスと呼ばれて返事をする公爵様を思い浮かべる。血塗《ちまみ》れになりながら、金眼を輝かせて魔物と戦うアリス。いや、それはちょっと違うかもしれない。アリスは女性の名前だから、やっぱりティードかロジェだと思う。

「えっと……その、ロジェ様」

私が小さな声で愛称を呼んだその瞬間、公爵様の琥珀色《こはくいろ》の瞳が金色に輝いた。尋常じゃない輝き方で、私はまるで金色の光に吸い込まれてしまいそうな感覚に陥る。

「公爵様、目が金色に！」

「あ、ああ……少し、制御が」

「具合がお悪いのですか？　誰か、ミュランさん！」

私の慌てた声に、調理場からミュランさんが飛び出してきた。

「いや、大丈夫だ。久しぶりに魔力の制御が利かなくなっただけだ。問題ない」

「ですが」

駆け寄ってきたミュランさんと騎士たちが公爵様を取り囲む。まさか、私の魔物食のせいだろうか。その可能性を否定できず、私は不安からギュッと拳を握り締めた。

「大丈夫ですよ、メルフィエラ様」

「ミュランさん、私」

「閣下は魔力が強く、そして保有量も常人とは比べ物にならないくらい多いのです。少し放出したらすぐによくなりますよ」

ミュランさんが、心配している私に向かって説明してくれる。公爵様も、薄目を開けながら、私を見て大丈夫だと微笑《ほほえ》んでくれた。

「ちょうどいい。明日のためにザナスを獲りに行ってくるか。何十匹か獲ったら症状も落ち着くだろう」

「では、我らがお供いたします」

「メルフィ、少し出てくるが心配ない。大物を獲ってくるからな」

公爵様が安心させるように私の頭をポンと撫《な》で、数人の騎士を連れて部屋を後にしてしまった。

どうやら公爵様は、普通の人よりも多く魔力を放出しなければならない体質のようだ。魔物だけではなく、人も魔力を内包している。魔物は魔力が溜《た》まって凝《こご》ってしまうと、魔毒を作り出して狂化する。では人は。人は魔力が溜まって凝ってしまうと、一体どうなるのか。

（まさか、お母様のようになるの？　公爵様も、お母様のように……いや、そんなの絶対にいや！）

そう思うと、私は身体の震えが止まらなくなってしまった。

◇　◇　◇

公爵様たちが外へ行ってしまってしばらくすると、ミュランさんが私が泊まる部屋に案内してくれた。部屋の中は簡素な造りで、寝台と机に椅子、服を入れておく衣装棚があるだけだ。

ミュランさんが運んできてくれた荷物を前にしても、荷解きする気にすらならない。居ても立ってもいられず、私は部屋の中をグルグルと歩き回った。

（公爵様の魔力がお強いことは感じていたけれど、あんな風に制御できなくなるのはよくあることなの？）

公爵様のように、魔力が溜まりすぎて制御できなくなることを、『魔力の暴走』と呼ぶ。溜まりすぎた魔力は放出するしかない。もし何らかの原因で魔力を放出できない時は、身体が火のように熱くなり、異常発熱によって命を落とすこともあるのだ。

『人は魔物と違って、その身体はか弱く、そして脆《もろ》いものなの』

私はそんなことを言っていたお母様を思い出す。お母様も魔力が強い人で、度々魔力の暴走により身体を壊していた。

(私では、助けてあげられないの？)

お母様が発熱によりきつそうにしていても、幼かった私はひたすら祈るしかなかった。それでもお母様は、魔物から魔力を抜き取る研究を始めて定期的に魔法を使うようになってから随分と体調が良くなったらしい。

より安全に、より簡単に、誰もが使える魔法陣を研究していたお母様の魔法は、とても美しかったことを覚えている。私は何度か、お母様が魔法陣を発動させる姿を見せてもらったことがあるのだ。

(とても綺麗だった……炎のように輝く髪と、宝石のような瞳。お母様の周りに星の煌《きら》めきのような魔力が渦巻いていて、まるで御伽話《おとぎばなし》の精霊様のように美しかった)

でも、お母様は亡くなってしまった。

まだ七歳だった私は詳しいことは教えてもらえなかったけれど、当時は魔法陣の暴発事故だと聞かされた。本当の原因は、そうではなかったのに。

お父様や治療を担当した医術師たちは、お母様の魔力が暴走してしまったと思っている。お母様をよく知らない者たちは、お母様が魔物を食べて魔物になったのだと噂《うわさ》した。

（そんなことあるわけない。お母様の魔法陣は不完全だった。吸い取った魔物の魔力が、自分の身体に蓄積されて、分解できずに魔毒と化したのよ）

魔物より脆弱《ぜいじゃく》な人は、魔毒に耐えられない。狂化する前に身体が持たずに死ぬ。

膨大な研究資料と、私が新たに始めた曇水晶を媒体にした魔法陣の研究により私が真実を知ったのは、ちょうどシーリア様が後妻として迎えられた頃だ。私はシーリア様を刺激しないようにしていたし、お父様は国にあてがわれた後妻をようやく受け入れたばかりだった。ここでお母様の話を蒸し返して、せっかく立ち直り始めたマーシャルレイド家を壊してしまうわけにはいかない。立証しろと言われても証拠はなく、今の私ではうまく説明ができない。だから私は、お母様の死の真相を、誰にも言えずに心にしまっている。

（公爵様は魔物の魔力を吸い取ったりしないから、きっと大丈夫よね？）

単なる魔力の暴走であれば、きちんと対処する方法がある。公爵様は大丈夫。でも、もし――ぐるぐるぐるぐると、私の思考が悪い方に悪い方に回っていく。

（とてもお辛《つら》そうなお顔だった……こんな時に、私の魔法陣が役に立ったら……）

私の魔法陣は、今はまだ安定して生きた魔物から魔力を抜き出すことができない。魔力は生命力と密接に繋《つな》がっているから、魔力を持った生き物は、魔力が枯渇してしまうと死んでしまうのだ。

（公爵様、私、頑張ります……研究を、完成……）

そんなことを考えていると、ふと、夜明け鳥の鋭い鳴き声が聞こえてきた。

（何故、こんな夜に）

夜明け鳥は、夜明けが近づくと活動を始める鳥だ。

私はいつのまにか、自分が横たわっていたことに気づく。しかも寒いはずなのに、全然寒さを感じない。身体が温かな何かに包まれていて、ふわりと香るとてもいい匂いに微睡《まどろみ》そうになった。

横になっているけど、固くないから床ではない。ということは、自室に戻っているのだろうか。

でも、寝台に入った覚えはないというのに。

（ここは……研究室ではない？　どこ？）

薄目を開けると、見慣れた研究室でも自室でもなかった。どうやら私は、いつのまにか眠っていたらしい。部屋の四隅には、薄く魔法灯が灯されている。

（嘘《うそ》……私、眠ってしまったの⁉）

昨晩の公爵様のご様子を思い出した私は、慌てて飛び起きる。ここはリッテルドの砦で、私はガルブレイス公爵領に行く途中だった。寝台から降りようとした私は、きちんと毛布を被って寝ていたことに首を捻る。

（いつのまにこんな物を？）

どう思い出そうとしても、公爵様のことを心配しながら歩き回っていたところまでしか記憶にない。私の身体にかかっていた温かな何かは、ゴワゴワの毛布と滑らかな手触りの毛皮だ。毛布の方は最初から備え付けられているもののようだけれど、毛皮の方になんだか見覚えがあった。

私は毛皮を持ち上げて広げてみる。黒くて大きくて高級そうなそれは、なんと公爵様の外套だ。

「ど、どうしてここにあるの⁉」

私は思わず声に出して狼狽《ろうばい》した。この外套があるということは、公爵様が私の様子を見に来てくださったのかもしれない。具合の方は大丈夫なのだろうか。というよりも、公爵様に自分が床に寝ているところを見られてしまったかもしれない。私は公爵様に、床で寝落ちするのは当たり前と言ったけれど、正直これは恥ずかしい。

慌てて床を確認した私は、そこに涎染《よだれじ》みがないことにホッとする。

（って、こんなことをしている場合ではないわ！）

自分の姿を確認する暇すら惜しくて、私は外套を抱えると急いで部屋を出た。廊下には、多分昨日の内に用意されていたであろう、足湯（すっかり冷めて水になっている）の木桶《きおけ》が置いてあった。今さら洗っている暇などなく、私はそのまま昨日の大部屋へ向かう。

砦の窓から見える空はまだ暗く、遠くがほのかに白んでいる。夜明けまではもう少し時間があるというのに、大部屋には数名の騎士と公爵様がおられた。

駆け込んできた私に、公爵様が椅子から立ち上がる。

「メルフィ、もう起きたのか?」

「公爵様っ、お身体の具合は……」

「心配をかけたな。この通り、大事ないぞ」

私は公爵様の全身にくまなく目を凝らす。髪は、少し濡《ぬ》れているのだろうか。頸《うなじ》で緩く結われた髪が濃い灰色になっていて、しっとりとして見えた。顔は赤くはなく、琥珀色の瞳も澄んでいて金色ではない。どうやら湯浴みをして服を着替えられたようだ。

私は公爵様の香りがする外套をギュッと抱き締める。

「ご心配、いたしました」

「お前には言っていなかったから驚いただろう。子供の頃から魔力を制御できないことがよくあったのだ。ちょうどガルブレイス家に養子に入ることになって、その回数もめっきり減ったがな」

「魔力が、凝ったりしていませんか?」

私の質問に、キョトンとした顔になった公爵様がその意味に気づいて、私の方へと大股で近づいてきた。背の高い公爵様を見上げた私を公爵様が見下ろして……何故か私はその広い胸の中に抱き寄せられる。

「俺は大丈夫だ、メルフィ」

「本当ですか?」

「本当だとも。ほら、熱はないだろう？」

公爵様がゆっくりと腰をかがめ、私の顔に顔を近づけてくる。相変わらずまつ毛が長くて素敵な目だ。濡れた前髪が額に垂れていて、ドキドキするくらい格好いい。

私の額に、公爵様の額がコツンと当たる。じわじわと伝わってくるその熱は平熱くらい……というかなんだか冷たいような。むしろ、冷えている。

「公爵様、まるで氷のようです」

「そうか？　まあ、散々川の水を浴びてしまったからな」

「川の水？」

そういえば公爵様は、魔力を放出するのにちょうどいいからザナスを獲ってくると仰っていた。この冷える秋の夜に。

私は公爵様の冷え切った頬に片手を伸ばす。外套の効果もあって私の身体は温かく、手の先まで火照っている。公爵様は私の手のひらに頬をすり寄せると、「うむ、温かいな」と呟いた。

「べ、別の意味で大丈夫ですか⁉　こんなに冷たくして、風邪を引いてしまいます！」

「お前がこうしてくれているだけでも十分に温かいぞ」

「そうです、外套！　公爵様、外套をありがとうございました。どうぞ、羽織られてください」

私は、私と公爵様の間に挟まっていた外套を引っ張り出す。これはとてもいい毛皮がついているので、私の手よりも暖が取れるはずだ。

「そうだ。お前のお眼鏡にかなうものが獲れたのだが、今からでも確認に行くか？」

「ザナスよりも公爵様です！」

「せっかくお前が喜ぶと思って張り切ってきたのだぞ？　中々にいい手ごたえだったな。四十六匹のうち、一番色艶が良くイキのいい個体を選んできたつもりなんだが」

私から外套を受け取った公爵様が、素早い動きでそれを羽織ると、再び私を懐の中に抱き込む。

（あ、温かい……けれど、騎士の皆さんもいるから恥ずかしい！）

騎士の皆さんは、私と公爵様の方を見ないようにしているようで、しっかりと見ていた。何故か「よしっ、合格」とか「閣下にしてはやりますね」だとか聞こえるけれど、何だか既視感がする。

公爵様はこの体勢を楽しまれているようで、すごくいい笑顔（この笑顔の時の公爵様は少し意地悪だ）で私を見ている。

「ザ、ザナスは、まだ締めてはいないのですか？」

「金属製の網の中で悠々と泳いでいるぞ」

「どうせもうすぐ夜明けで今さら眠れませんので、ザナスの調理を始めたいのですが」

「よし、そうするか」

「公爵様は少しでも寝ておいてください」

「すこぶる体調はいいぞ？　お前がこうしてくれていると癒されるからな……髪もふわふわで、実にいい」

公爵様からそう言われて、私は自分の姿を思い出す。鏡は見ていないけれど、昨日の旅装のままだし、寝ている間に髪がすっかり解けてしまっているらしい。

「公爵様、私、汚れたままです！」

「俺の方が汚れている。気にするな、お前はいい匂いだからな」

「こ、公爵様！」

私が少し怒ったような声を出して呼ぶと、公爵様はにやりと笑って顔を寄せてきた。

「違うぞ、メルフィ。名前で呼ぶのだろう？」

「し、知りません」

「俺たちは婚約者同士だ。そうだろう、メルフィ」

どうしても公爵様、名前を呼んでほしいようだ。でも、昨日の今日だし、抱き締められている恥ずかしさもあって、私は囁《ささや》き声よりもさらに小さな声で「アリスティード様」と呼んだのだけれど……公爵様の琥珀色の目が金色に輝いたので、しばらくは名前を呼ぶのをやめようと思う。

公爵様は私を離してくれず、騎士たちはこちらを見ないようにしている。途方に暮れてしまった私は、ちょうどいいところで起きてきた騎士たちに助けを求めた。

「い、いいところに来てくださいました。ゼフさん、おはようございます！」

「メルフィエラ様、おはよう……ございい、ま……す」

こちらに気づいたゼフさんが、ギョッとしたような顔をして私……ではなく公爵様を見て目を逸らす。ゼフさんのおかしな様子に私が顔を上げて公爵様を見ると、その目が仄《ほの》かな金色に輝いていて、とてもいい笑顔だった。魔眼を使ってゼフさんに何かなさったのだろうか。

「もう、公爵様。お元気なことはよくわかりましたから！」

「お前の反応が可愛くてついな。許せ」

「許すとか許さないとかではありません！　冗談はお酒を召した時だけになさってください」

私はわざと膨れっ面をして、上目遣いで公爵様を見上げる。すると公爵様は、「そういうところが可愛いのだが」と呟いて、抱擁を解いてくれた。

「皆さんも起きてこられたことですし、ザナスの調理に入ってもよろしいでしょうか」

「ああ、そうだな。ちょうど小腹も空いたことだしな。寒くないように外套を着てくるといい。別に俺の外套でもいいが」

「すぐに支度をして来ます！　あっ、それと、油と穀物粉の調達をお願いしてよろしいですか？」

「油と穀物粉？」

「はい、ザナスを衣揚げにしようと思いまして」

ザナスの形状から、身の味は淡白な魚に近いと思われる。香辛料を混ぜた穀物粉の衣をつけて揚げたら、きっと美味しいはずだ。揚げ物なら手で摘まめるし（お行儀は悪いけれど）、パンに挟んで食べてもいい。

するとと、私の話を聞いていた騎士たちから歓声が上がった。特にゼフさんはとても期待した顔をして、油と穀物粉の調達を買って出てくれた。

「自分が準備します！」

「まあ、ゼフさん。それでは頼んでもいいですか？」

「もちろんです、メルフィエラ様」

ゼフさんが嬉しそうに片手を胸に当てて騎士の敬礼をしてくれた。よかった。昨日は魔物食にあまり賛成ではなかったようだったけれど、ロワイヤムードラーの塩漬け肉が功を奏したみたいだ。

よし、皆さんの期待に応えるために、頑張らないと。

◇　◇　◇

私はゼフさんに調理場の準備を頼むと、公爵様にザナスを締めるために必要なものを伝えて、急いで部屋に戻った。

荷物の中から魔魚や魔樹用の魔法陣を描いた油紙を取り出す。それから、少し小さめの携帯用曇水晶も。魔魚は身体が濡れているので、油紙の魔法陣がないと魔力を吸い出せないのだ。私は他にも必要になりそうなものを漁り、小さな革袋に詰め込んで、自分の外套を羽織った。

「公爵様、お待たせいたしました」

「こちらも準備完了だ」

大部屋に戻ると、ミュランさんまで起き出して来ていた。もちろんザナスの下処理を手伝ってくれるということで、私と公爵様、そしてミュランさんを筆頭に騎士たちと一緒に、ザナスが入った網が沈めてある船着場へと向かう。外は風が冷たかったけれど、マーシャルレイドの風よりはマシだ。

公爵様たちと一緒に船着場まで来ると、私は油紙に描いた魔法陣を取り出して広げた。

「どうやって魔力を吸い出すかと思えば。なるほどな、直接ザナスの身体に貼り付けるのか」

「はい。地面に描いたのでは消えてしまいますから、この油紙の上に置いて使います。ザナスはとても大きな魔魚ですから、貼り付けるしかないみたいですけれど」

何の事は無い、油紙に魔法陣を描いているだけだから、特別な何かはない。ザナスを締めた後に身体に直接貼る方が簡単だった。

「よし、お前たち。網を引き上げてくれ」

公爵様の指示で、騎士たちが船着場の杭《くい》に繋《つな》いであった太い鎖を引き上げ始める。縄ではなく鎖ということからも、ザナスがとても危険な魔物だということがわかった。網はかなり重いのか、二人がかりで引き上げられていく。

「たかが魚、されど魔魚。イキのいいザナスの尾ひれの一撃は危険だぞ。当たり所が悪いと骨が折れてしまうからな」

「そんなに危険な魔魚を、四十六匹も仕留められたのですか⁉」

「魔力が満ち溢《あふ》れていたからな。いい運動になったぞ」

事もなげにそう言って笑った公爵様だけれど、普通の人であれば無理だと思う。ザナスの尾ひれの一撃は少し怖いので、私は被害が及ばなさそうな場所まで退《さ》がることにした。

ジャラジャラと金属がこすれる音がして、網が浮上してくる。ミュランさんが魔法の明かりを水面に近づけると、ばしゃんと水が跳ねる音が聞こえた。

「気を抜くなよ！」

「了解です！」

ようやく現れた網の中では、巨大なザナスが激しい水しぶきを上げて抵抗していた。大きな口にギザギザの鋭い歯、ぼってりとした身体。目はギョロリとして大きく、鮮やかな青色だ。体の色は沼地のような汚れた緑と赤を混ぜたような色だけれど、ヒゲや背びれ、それに尾ひれが青白く発光していた。これがザナス。資料ではわからなかったけれど、私よりも大きいかもしれない。

「すごい！　こんなに立派だったなんて。歯が鋭くてこれぞ魔魚、という貫禄《かんろく》がありますね！」

「これは優に七、八年は生きているやつだからな。今が旬というか、繁殖期で攻撃性が高い」

公爵様はザナスから守るように、私の前に立ってその手に何かの魔法の光を灯した。ザナスの幾重にも重なっているギザギザの鋭い歯に噛《か》まれたら、私の手足なんて簡単に引きちぎられそうだ。

餌となる生き物を誘う立派なヒゲも、元気よくうねうねと動いていた。

「メルフィ、このまま首を刎《は》ねるのか？」

「いいえ。魚ですから、先に締めます」

私は公爵様に頼んで用意してもらっていた細身の剣を持つ。ガルブレイス公爵家のお抱え鍛冶屋謹製の剣を鞘《さや》から抜き、暴れるザナスを見た。剣は私でもなんとか扱える重さだけれど、これはちょっと、私の力では締めることが難しいかもしれない。騎士たちが三人がかりで取り押さえているザナスの鱗《うろこ》や骨は、見るからに硬そうだ。

「なんだ、メルフィ。自分でやるつもりだったのか？」

「魚なのでなんとかできるかと思っていましたけど、やっぱり無理みたいです」

「そう落ち込むな。荒事は俺に任せておけと言っただろう？」

その言葉は確か、秋の遊宴会で出会ったばかりの時に聞いた言葉だ。そういえば、私が「『首落とし』を自分でもできないか」と聞いた時に、公爵様は「私に任せておけ」と、そう仰ってくださった。

「かといって、斬ったり燃やしたりはできるが締めるのは俺も初めてだ。どうやればいい？」

公爵様が私の手から剣を取り、にやりと笑った。さすがガルブレイス公爵様というか、頼もしい。ザナスを締める役目を引き受けてくださるということなので、私はそのままお願いすることにした。あの剣を使えば私でもと思っていたけれど、公爵様の言う通り、それを使いこなせるだけの力も技もない。今度、公爵様にお頼みしてコツとやらを教えてもらわないと。

「ミュラン、始めるぞ！」

公爵様の声に、騎士たちが暴れるザナスを数人がかりで押さえつける。ザナスは尾ひれの力が非常に強い。バッタンバッタンと地面を打ち鳴らしながらかなりの抵抗をみせるけれど、騎士たちも負けてはいない。

ザナスが動けなくなったところで頭の方からそっと近づくと、そのギョロリとした大きな目の上に濡れた布を置いた。魚は視界を遮ることで動かなくなるのだ。それは魔魚であるザナスにも有効だったようで、嘘のように動かなくなった。

私は準備万端で待つ公爵様を見て頷く。

「公爵様。目の後ろ、ちょうどエラの切れ目の上あたりを一気に刺して、グリッと刃を捻ってください」

「グリッとか？」

「ええ、グリッと、こう」

私は剣を持つ仕草をして、グリッと手首を捻ってみせる。どうやらきちんと伝わったようで、公爵様は剣を両手で持って下に突き刺す真似をすると、私と同じように手首を捻って剣を回してみせた。

「これでいいのか？」

「はい、刺すだけでは締まりませんが、何度か回せば大丈夫です。うまく締まると目の色が一瞬にして変化します」

「ほう、目の色が変わるのか」

「公爵様ならきっと一発で締められます。では、よろしくお願いします！」

「ああ、任せておけ！」

公爵様が細身の鋭い刃を真っ直ぐに下ろす。それは正確にザナスの脳がある位置を貫き、その衝撃でザナスが激しく暴れ出した。押さえつけていた騎士たちが、歯を食いしばって必死に力を入れる。私は邪魔にならないように一歩退がったところで待機した。

「か、閣下、これはきつい！」

「耐えろ、ミュラン！」

ミュランさんが、ザナスの体に乗り上がって押さえ付ける。

「公爵様。私が目の布を取ったら、すぐに刃をグリッと回してください！」

「わかった！　くっ、硬いな」

素早く近寄った私がザナスの目を覆っていた布を外した次の瞬間、公爵様が力任せに刃をぐいっと回す。ザナスの硬い骨が軋《きし》む音がしたけれど、公爵様の気合と共に刃が綺麗に入った。さすがはガルブレイス家お抱え鍛冶屋謹製。ほしい、私もその素敵に頑丈でよく切れる刃がほしい。

「これで、どうだっ！」

公爵様が止《とど》めの一撃とばかりにもう一度剣を回すと、ザナスのエラから大量の血が溢れ出してきた。その血の色は青い。

私は確認するために、ザナスの青い目を覗き込む。すると一呼吸置いた後、青色の目がスーッと灰色に変わったのがわかった。

「公爵様、お見事です！　ザナスが綺麗に締まりました。皆さんもお疲れ様です」

私は油紙を手にすると、大きな口を開けて絶命したザナスの身体に貼り付ける。そして、曇水晶をザナスに向けて掲げた。

「次は私の出番ですね。皆さん、ザナスから離れてください。今から魔力を吸い出します！」

私は大きく息を吸い込むと、いつものように祈る。

「私は決して命を粗末にはいたしません。その尊い命を最後まで大切にいただきます」

ザナスはとても大きいので、食べきれない分は凍らせてから持っていきたい。それができそうになければ、グレッシェルドラゴンに食べてもらおう。ドラゴンが魚を食べるのかわからないけれど。

『ルエ・リット・アルニエール・オ・ドナ・マギクス・バルミルエ・スティリス……』

曇水晶のなかに魔力を吸い込む呪文を唱えると、ザナスの青い血が空中に浮き上がる。魔力の輝きにより宝石のように煌めくその血が、どんどん曇水晶の中に吸い込まれていった。それと共に私の髪も赤く光り始める。魔力に反応しているだけとはいえ、まだ薄暗いからとんでもなく目立つ。私も公爵様のように目が光ればよかったのに。あれは格好いいし、髪よりも目立たない。

（血の量は少ないけれど、含まれる魔力がすごく濃い）

魔魚とはいえザナスも魚だ。血の量がない分、魔力が凝縮されているようだった。小振りの曇水晶が青い光で満たされたところで、私は呪文を唱えることをやめてひと息つく。

「公爵様、曇水晶を預かっていただけますか？」

「わかった」

曇水晶を受け取ってくれた公爵様の目が、少しだけ金色になっていた。それに指先に何かの魔法の名残りの光がある。ザナスを締める前にも指先が光っていたけれど、公爵様は一体何の魔法を使ったのだろう。

「どうした、メルフィ？」

「いえ、なんでもありません。魔力を測定したら、ここで頭と内臓、それに鱗を落としたかったのですが……」

「ザナスの鱗は密集しているうえにそこら辺の刃を通さないからな。首落としの要領で、骨断ちして頭を落とすのは可能だぞ」

「では、頭だけ落としていただいて、鱗は皮ごと剝ぎましょう」

私はザナスのエラを開けて、その色を確認する。鮮やかな青色だったエラも、すっかり白けて薄灰色になっている。

公爵様が剣を刺した穴から魔力測定器を差し込むと、魔力はほぼ抜けていた。騎士たちがザナスの巨体を持ち上げて、どこかから持ってきた魚を入れる木箱を下に敷くと、後は公爵様の出番だ。

すっかり頼りにしてしまっているけれど、本当にこれでいいのか心配になってきた。公爵様は公爵だし、こんな風に色々頼み事をしていいような御身分ではないような気がする。

「公爵様。毎回お任せするのもなんですので、私に『首落とし』のコツを教えていただけませんか？」

「遠慮などするな、メルフィ。俺は数えきれないくらいに魔獣の首を落としてきたが、これほど率先してやりたかったことなどないぞ。お前とこうして魔物を調理する時が一番楽しい」

公爵様の屈託のない笑みに、私も嬉しくなる。

「わかりました。私も、こうして公爵様や皆さんと調理するのは楽しいです」

マーシャルレイドでの研究や調理は、基本的に一人でやっていた。解体を手伝ってくれる猟師や騎士たちとも、こんな風にわいわいしながら作業をしたことはない。

そうこうしている内に、東の方から眩《まぶ》しい光が降り注いできた。

「よし、夜も明けたことだ。急いで下処理を完了させるぞ。ミュラン、剣を持て！」

「はっ、ただいま！」

バックホーンやロワイヤムードラーの首を落とした時に使っていた剣を手にした公爵様が、キリリと顔を引き締める。この瞬間がゾクゾクするほどに格好よく、私はついつい見惚《みほ》れてしまうのだ。ケイオスさんがここにいたら、確実に「閣下がつけ上がるので目をキラキラさせるのは禁止です！」と言われてしまいそうだけれど。

「先ほど刺した場所の少し後ろ……えっと、エラから胸びれの後ろにかけて斜めにお願いします」

「なかなかに難しい角度だな」

公爵様が静かに剣を上げ、斬る角度を目測で測っていく。難しいと言っていたはずなのに、もう一度剣を振り上げて気合と共に振り下ろした時には、ザナスの頭の部分がスッパリと落とされていた。私の注文通りに、エラと胸びれのところから切られている。

「何度見ても鮮やかな技ですよね。この切り口を見てください、ミュランさん。ザナスの身が崩れもせずこんなに綺麗に」

「わかりますわかります。メルフィエラ様も閣下の剣に魅了されてしまったのですね！」

「はい。それはもう、すっかり」

「閣下のあれは男の私から見ても惚れ惚れしますから」

私がミュランさんと盛り上がっていると、公爵様がいつのまにか背後に立っていた。

「一体何の話だ？」

「私とミュランさんが公爵様の剣技に魅了されてしまったというお話です」

私は正直に打ち明けたのに、公爵様は目を泳がせて咳払《せきばら》いを何度も繰り返す。こんな風に照れる姿も最高に可愛らしい。これはきっと正直に言ったら拗ねてしまうから、私の心の中に大事にしまっておこう。

私はザナスの状態を確認して、切り落とした頭と青い内臓を廃棄することに決めた。問題は、そこら辺に捨ててはいけないということだ。

「公爵様、頭と内臓はどうやっても食べられそうにないので……」

「ああ、わかっている。これだろう？」

聡《さと》い公爵様は、本当によく私の思考を読んでいると思う。短い呪文と共に公爵様の指先に白い火が灯り、私の廃棄資料を燃やしてくださった時の魔法を見せてくれた。

「はい、よろしくお願いします。すぐに取り掛かりますね」

「メルフィエラ様、ここからは我々にも手伝わせてください」

騎士たちが率先して申し出てくれたので、ありがたく思いながら、私は指示をする方に徹した。

まず、切り落とした場所から腹の下に刃を入れて開いていく。皮も硬く分厚いので、最初だけ手本を見せて、途中からミュランさんに代わってもらった。本当は全工程をすべて自分でできればいいのだけれど、これほど大きな魔物は無理だ。こんな時は非力な自分がうらめしい。ガルブレイス領に着いたら、騎士たちに交じって体力作りを始めようかと真剣に考える。

少し臭いがきつい内臓を抜き取り終わると、頭と一緒に公爵様に燃やしていただいた。

この鮮烈な白い炎の魔法は、公爵様が開発したのだそうだ。ガルブレイス領で討伐した大量の魔物を、たくさんの人が苦労して廃棄している姿を見た公爵様が、なんとか手を掛けずに処理できないかとお考えになったらしい。炎を操っている公爵様の後ろ姿を見ていた私に、ミュランさんがこっそり教えてくれた。

(だから公爵様は、私の魔法陣に使っている古代魔法語を簡単に解読なさったのね)

魔法陣をスラスラとお読みになっていた公爵様を思い出した私は、私が今開発中の新しい魔法陣も見ていただきたいと思った。

◇◇◇

「メルフィエラ様、こちらです！」

ザナスの下処理を終えた私たちが砦に戻ってくると、調理場の準備を任せていたゼフさんが砦の出入り口で待っていた。何故か両手で抱えるくらいの大きさの丸底鍋を持っている。

「閣下、メルフィエラ様、お帰りなさい」

「ゼフさん、外は寒いでしょう」

「いいえ、つい先ほどまで走り回っていましたから。実は、中の調理場ではこいつが使えなくて。中し訳ありません、屋外に準備しました」

「まあ！　すごく大きな鍋ですね。油料理は後片付けが大変ですからきっと外で正解です。ゼフさん、ありがとうございました」

「いえ、自分はこれくらいしかできませんので」

ゼフさんが案内してくれたのは、武器や防具などを洗う場所だった。近くにはほぼ使われた形跡のない簡素な屋外調理場がある。寝ていたはずの騎士の皆全員が起きていて、薪《まき》に火を熾《おこ》したり調理器具を並べたりと準備は万端だった。

「閣下、おはようございます」

「メルフィエラ様、早朝からお疲れ様でした」

私たちに気づいた騎士たちが、挨拶をしながらわらわらと集まってくる。皆、気になるのはザナスのようだ。興味津々の顔でザナスの巨体を眺めている。

「あの、この中で魚を捌《さば》いたことがある人はいますか？　ザナスの皮を剝ぎたいのです。少し試してみたのですが、獣と違って身が柔らかいので、皮と身の間に刃物を入れて身を切り離したいのです」

すると騎士たちが顔を見合わせて話し合い、そしてひとりの騎士が進み出てきた。

「アンブリー・シャールです。繊細な毛皮を剝ぐような作業ならいつもやっています」

アンブリーさんは、身体も手も足もとてもがっしりとしていて、筋肉の塊のような騎士だった。

もちろん指先も太い。

「そういう繊細な作業はアンブリー班長が一番得意かと」

「獣の毛皮を剝ぐ作業もお手のものなので」

「是非班長にその役目をお与えください」

アンブリーさんの班員らしい騎士たちが、口々に売り込んでくる。人は見かけによらないというし、ここまで皆さんに信頼されている人なら大丈夫だろう。それに、私の趣味の延長にある魔物食に協力してくれる貴重な人だ。ありがたい、本当にありがたい。

「アンブリーさん、よろしくお願いします」

「美味い飯のためですからね」

やはりアンブリーさんも、ガルブレイス公爵家お抱え鍛冶屋の刃物を持っていた。アンブリーさんは、ザナスの中骨のあたりに刃を入れると、骨にそわせるようにして腹の方の身を骨から外した。それから背中の骨の身もなんなく切り離してザナスを半身にする。次に、もう反対側の身も骨から外したかと思うと、身と皮の間に差し込んだ刃物を魔法のようにスルスルと引いていった。

「ざっとこんなものですかね」

アンブリーさんの手により、ザナスがあっという間におろされてしまった。皮の方にはまったく身がついていない。手際がいいとかそういう次元ではなかった。きっとこれは、アンブリーさんが持つ騎士の特殊技能に違いない。恐るべし、ガルブレイスの騎士。

「骨と鱗はとんでもなく硬そうですが、身までは鋼のようにはなりませんからね」

「ありがとうございます！　こんなに綺麗に捌いていただいたザナスをぶつ切りにしてしまうのがもったいないような気がします」

「いいと思いますよ、衣揚げ。がっつり食べて英気を養いたいところでしたから」

騎士たちも公爵様もうんうんと頷いてくれたので、私は張り切って衣揚げを作る過程に入る。

まずは油の入った丸底鍋を二つ用意してもらい、ひとつは低温、もうひとつは高温にして、二段構えで揚げていく。公爵様がどうしても揚げてみたいと仰られたので、高温の鍋の方を担当してもらうことにした。

調味料を混ぜた穀物粉を冷水で溶いてもらい、私は適当な大きさにぶつ切りしたザナスをくぐらせてから油の中に投入する。ジュワジュワと揚がっていくザナスは、こうやって見ていると普通の魚と同じだ。

薄く色がついたところで穴のあいた木杓子《きじゃくし》を使って一旦引き上げ、少し放置して公爵様に渡した。

「こんがり色付くまで揚げたら出来上がりです。あまり大量に投入するとザナスがくっついてしまうので、適度に十個ずつくらいにしてくださいね」

「むう。いざ自分がやるとなると、難しいものだな」

「閣下、ほら、そちらのザナスがこんがりどころか焦げていますよ！」

「なんだと⁉　ミュラン、早く引き揚げろ！」

公爵様とミュランさんが、わたわたとしながら油と格闘する。

本当ならば、調理場にお立ちになるような御身分ではないというのに、公爵様は騎士たちと同じように雑務をやってくれる。ガルブレイス領とは、こんな風に温かいところなのだろうか。私の研究が少しでも受け入れられたら。そう期待してしまう気持ちは、どんどんと膨らむばかりだった。


「すまない、メルフィ。少しばかり焦がしてしまった」

第一陣を揚げ終えた公爵様が、しょんぼりしながら焦げ茶色になったザナスの衣揚げを見せてくる。真っ黒ではないし、水分が多めに飛んでしまっただけで食べられないことはない。それにたった四つだ。残りの二十個ほどはミュランさんと一緒に頑張っていただけあって、美味しそうな色に揚がっていた。

「初めてでこんなに上手にお出来になる人はなかなかおりません。公爵様、その色づきの濃いザナスを、私の口に入れてくださいませんか？」

「これは失敗した方だぞ」

「そんなことありません。カリッカリの衣揚げも美味しそうです。私はこの通り、衣で手がベタベタなので……」

私は手でザナスを衣の液につけて油に投入しているので、毒見をするには手を洗わなければならない。私は「あーん」を自発的に行い、口を開けて公爵様に催促した。

「公爵様、毒見です」

「う、む……しかし」

「揚げたてなので、ふーふーしてくださると助かります」

「わ、わかった。あ、熱々だからな」

公爵様が焦げ茶色のザナスを串に刺し、ふーふーと吹いて冷ましてくれる。少し表面を触って温度を確認すると、公爵様は私の方を向いて何か重要な局面を迎えているかのような真剣な顔になった。

「で、ではいくぞ」

「はい、アリスティード様」

「くっ、こういう時は素直に呼んでくれるのだな！」

公爵様が謎の文句を言いながら、私の口の中へザナスを入れてくれた。ひと口では入りきらないので、適度なところでかじりとる。少しはしたないけれど、今さらだし毒見だから仕方ない。

「んっ、熱々！」

表面はふーふーのおかげで冷えていたけれど、中は熱かった。はふはふと言わせながら身を噛む。

（臭みはない。それに、身の弾力がすごい！）

塩の効いたカリッカリの衣の香ばしさと、噛みごたえのある身が絶妙だ。これは水分が飛んでいるのでカリッカリの衣が強調されているけれど、綺麗に揚がった方はもっとふんわりしているはずだ。

「ど、どうだ？」

公爵様は、私の反応を見逃すまいと思っておられるのか、真剣な顔のままこちらを凝視する。

「ぷりぷりとした弾力がたまりません！　臭みはなくて、噛むとザナスの旨味がしっかりと出てきますね。残りも食べ……」

私の言葉の途中で、公爵様が残りを自分の口の中に放り込んでしまった。私の食べかけを……。

（私の食べかけをっ⁉）

「うむ、本当だな！　この弾力は食べ応えがあるぞ。俺はもう少し塩気があってもいいな」

「公爵様、それは私が毒見を」

「気にするな。それより、こっちの成功した方も食べてみるとするか」

そう言うと、公爵様は小さめのザナスを指で摘まみ、ポイっと口の中に放り込む。それでは、毒見の意味がありませんからというそんな私の思いをよそに、公爵様は「おっ⁉」と声を上げると、もうひとつ摘まんで食べる。

「これは、ううむ……どちらも捨てがたい」

「どうなされたのですか？」

「いや、な。成功した方はザナスの脂の旨味がしっかり出ていて、ふわふわの食感なのだが、失敗した方のカリッカリとぷりっぷりが混在した食感も美味いのだ」

公爵様が成功した方のザナスを摘まみ、熱を冷ましてくださったものを差し出してくる。私はそれをかじり、仕上がり具合を比較した。確かに、成功した方はふわふわした食感で、嚙めば身がほろりと崩れてくるようだ。これも美味しい。嚙み締めるのではなく、次々と口の中に入れたい旨味だ。でも、

「本当ですね……ふわふわもぷりぷりも、どちらも食べたくなります」

「だろう？　ミュランも食べてみろ。これはそれぞれ好みもあるだろう。二種類作った方がいいと思うぞ」

好きな方を食べてもらうのはいい考えだ。食材のザナスは大量にあるのだし、カリッカリの方は持ち運びもいけるかもしれない。ミュランさんも二つを比較して、「私はふわふわが好きですが、このカリカリもいいですね」と言っていた。

無事に毒見も終わったので、私と公爵様は、ふわふわとカリッカリの二種類を作っていくことにする。揚げても揚げても終わらない作業は大変だったけれど、公爵様とあれこれとやり取りをしながら料理するのはとても楽しい。

「揚がったものは食卓に運んでくださいね」

「了解です」

ミュランさんや後片付けが終わった騎士たちに頼み、こんがり揚がったザナスの衣揚げを次々と運んでもらう。このまま屋外で食べてもよかったけれど、リッテルド砦の料理師に注文していたパンや付け合わせの野菜などは大部屋の方に準備していた。

やがて最後の切り身を揚げ終えた私たちは、ようやくひと息ついてお互いを労《ねぎら》った。

「よし、こんなものでしょうか。公爵様、ありがとうございました」

切り身にしたザナスの最後のひと切れを揚げ終え、私は腰に手を当てて背伸びをした。

「礼には及ばん。お前も立ち通しで辛《つら》くはないか？」

「これくらい大丈夫です。公爵様がいてくださったので、とても楽しかったです」

「そうか。お前が楽しかったならいい。しかし、油料理とは大変なのだな……」

初挑戦の公爵様は、最初の方こそ慌てていたものの、すぐに慣れてこんがり美味しそうな衣揚げを大量に揚げてくださった。途中、ザナスの水気が油で跳ねて何度も手を火傷《やけど》しそうになったけれど、それは油料理の宿命ともいえる。私も公爵様も時々手を冷水に浸しながらの調理だったので、身体は熱いけれど手は冷たいという状態だ。

「いつも料理を作ってくださる方に感謝ですね。さあ、公爵様。美味しい朝食を食べに行きましょう」

「そうだな。先ほどの味見で余計に腹が空いてフラフラだ」

公爵様が、お腹に手を当てて戯《おど》けてみせる。公爵様はザナスの捕獲から下処理、それに衣揚げ作りまですべてやってくださった。しかも寝ておられないようなので、私はそちらの方が気になる。

「公爵様。後は油の熱がある程度下がるまで放置するだけです。ここはもう大丈夫ですから、先にお食べになられませんと」

「いや、しかしだな」

「ミュランさん、公爵様をお連れしてください。一番の功労者に最高の食事を」

「了解いたしました、メルフィエラ様」

ミュランさんが恭しく礼をして、容赦なく公爵様の腕を取る。

「おいっ、ミュラン！」

「閣下が初めにお食べにならないと、我々もいつまで経《た》っても食事にありつけませんので」

「メルフィ、お前も」

「私はこの油の処理をしてから参ります。あっ、塩加減は各自調味料で調整してくださいね」

ミュランさんに腕を離してもらえず、ズルズルと引き摺《ず》られていく公爵様を見送った私は、かまどの火を消してから炭の処理を始めた。

考えてみれば、遊宴会からこちら、公爵様はろくに休んでおられないはずだ。遊宴会が終わってすぐにマーシャルレイド領に来てくださり、一旦自領へとお帰りになった後、またすぐに迎えに来てくださった。お付きの騎士たちもそうだ。自領では各自与えられたお仕事もあっただろうに。今回ケイオスさんが来ていないのは、そういう理由があったのかもしれない。きっと公爵様は、ケイオスさんにガルブレイス領のことを頼んでから、私を迎えに来てくださったのだ。

（なのに私は自分のことばかり……公爵夫人になるからには、もっと全体のことを考えていかないと）

知らない土地の知らない魔物を目にして、かなり浮かれてしまっていた自分に反省する。もう少し自重しなければ。

公爵様と入れ替わりのように、アンブリーさんとゼフさんが来てくれた。後はかまどだけだというのに、二人が最後の後片付けを手伝ってくれる。

「ありがとうございます。でも、私だけで大丈夫でしたのに」

「一人より三人です。さっさと片付けて美味い飯をもりもり食べましょう」

アンブリーさんが、油が入った丸底鍋を分厚い手袋をつけて持ち上げる。それから、素焼きの壺《つぼ》の中に油を捨ててくれた。木杓子で掬《すく》って捨てようと思っていたので、これはありがたい。

「そうだ、アンブリーさん、ゼフさん。これ、食べてみますか？」

私は、油かすと一緒に置いていたザナスの腹肉の部分を二人に差し出す。この部分はあまりに脂がのりすぎていて、綺麗に揚げられなかったのだ。

「これもザナスですか？」

アンブリーさんが、ひとつ摘まんでしげしげと見る。ぷるぷるしているというか、脂が滲《にじ》み出ていて非常に怪しい仕上がりだ。

「腹肉の部分なんです。普通の魚も揚げるには適していない部位なので、皆さんにお出しするのも……と思いまして」

「へぇ、美味そうじゃないですか。メルフィエラ様、自分がいただきます」

魔物食に目覚めてくれたゼフさんが、躊躇《ちゅうちょ》することなく一気に食べてしまった。不味くはないはずだけれど、脂が多いのはどうだろう。

結論からいえば、私の心配は杞憂《きゆう》だった。ゼフさんはザナスの脂を気に入ったようで、次々と食べていく。アンブリーさんも、意を決したようにパクッと口の中に入れた後、「これは酸っぱい果汁をかけたらより美味しくなる味ですな！」と言いながら、ゼフさんに負けじと食べていく。

「酸っぱい果汁……アンブリー班長、確か、朝食用に果実を注文していませんでしたっけ？」

ゼフさんが何かを思い出したようだ。酸っぱい果汁が出る果実は色々あるけれど、ここら辺の土地で今の季節に旬の果実など見当もつかない。食べるなら美味しくいただきたいという心情の私は、どうしてもその酸っぱい果汁とやらを試してみたくなった。

「アンブリーさん、ゼフさん。早く行きましょう。その果実が食べられてしまう前に！　きっと普通に揚げたザナスにもぴったりなはずですから」

たった今、自重しなければと考えていたはずなのに、美味しいものを前にするとすぐこれだ。わかっているけれどやめられないなんて、人として駄目な気がする。でも言い訳をすると、アンブリーさんもゼフさんも、我先にと鍋やかまどを片付けてしまい、期待を込めた目で私を促してくれたので……明日からきちんと自重することにします。

◇　◇　◇

「メルフィエラ様、お先にいただいております！」

「昨日の穀物粥といい今日の衣揚げといい、遠征でこんなに美味い食事にありつけるとは思いませんでした！」

「俺、正直魚は駄目だったんですけど、これは美味いっす！」

大部屋に入ると、騎士の皆さんが口々に感想を伝えてくれた。乾杯の代わりに、衣揚げを掲げて笑顔で挨拶をしてくれる。

「メルフィ、こっちだ！」

どこに座ろうか迷っていたら、公爵様がすぐに呼んでくださった。ありがたく隣の席に座らせていただくと、騎士の皆さんが間髪を入れずに料理の載った皿を置いてくれる。温かい飲み物まで渡されたので、ひと息入れた私は食卓を確認した。

（皆さん朝から食欲旺盛で元気そう。よかった）

ザナスの衣揚げは半分以上減っている。さすがは体力勝負の騎士たち。気持ちいいくらいに食べてくれると、作った甲斐《かい》があるというものだ。

「疲れただろう、メルフィ。この後はまた空の旅になる。夕方前にはガルブレイス領に着くと思うが、食べられるだけしっかり食べるのだぞ」

「はい、ありがとうございます！」

公爵様はザナスを葉野菜に包んで食べていた。それがとても美味しそうに見えて、私も同じようにして瑞々《みずみず》しい葉野菜に包んで食べてみる。

（これは私好み！）

衣揚げ特有の脂っこさが弱まり、かなり食べやすい。ひとつふたつと一気に胃袋へ収めた私は、ゼフさんが言っていた酸っぱい果汁とやらを探した。

食卓には温野菜も用意されており、それにかけて食べるための果実が用意されていたけれど、騎士たちはあまり野菜に手をつけていない。肉ばかりではなく、きちんと野菜も食べておかないと健康に悪いのだけれど……。私が温野菜を取ろうとしたところ、ゼフさんが何かを持ってやってきた。

「メルフィエラ様、これが例の酸っぱい果汁が取れるキャボという果実です」

濃い緑色の丸い果実は、緑色だけれどこれが食べ頃だそうだ。ゼフさんが半分に切ったものを渡してくれたので、私は腹身の衣揚げの上にそれを絞ってかじる。

(脂が爽やかな酸味で抑えられて食べやすい！)

　これは胃腸が疲れている時や、食欲があまりない時にも良さそうだ。ゼフさんも同じようにして食べ、「あー、この酸っぱさがたまんない！」と言いながら、普通の衣揚げの方にも大量に絞っている。その様子を見ていた公爵様が、興味津々な顔で腹身の衣揚げと切ったキャボを見た。

「それはキャボか？　ここらではキャボの果汁と塩をまぶして野菜を食べるそうだが」

「脂っこいものをさっぱりいただきたい時にとてもいいと思います。公爵様は、酸っぱいものは大丈夫ですか？」

「大丈夫、というか、酒を飲む時に口にするくらいだな」

「ものは試しです。この腹身はとても美味しい部位なのですが、脂っこいのが難点で。キャボの果汁がぴったり合いますよ？」

　私が腹身の衣揚げにキャボを絞って差し出すと、公爵様はごくりと唾液を飲み込んでからひとつだけ摘まむ。ぷるぷると指が震えているけれど、もしかして酸っぱいのは苦手なのだろうか。

　公爵様はギュッと目を瞑《つぶ》ってキャボを絞った衣揚げを口に入れる。それからすぐにブルッと身震いしてから、目を見開いた。

「酸っ！」

　あまりにも酸っぱそうで、私は公爵様に飲み物を差し出す。でも公爵様はそれを断り、しっかり咀嚼してから飲み込んだ。

「大丈夫ですか？」

「す、すごいな。目が覚めるような……酸味だ。腹身は悪くはないが、これは」

「好きな人と苦手な人にわかれる味のようですね。はい、公爵様。こちらの果実は甘くて美味しそうですよ？」

公爵様でも苦手なものはあったらしい。公爵様は、私の前にやたらたくさん用意されていた旬の果実を、手当たり次第口の中に放り込んでいる。次は失敗しないようにしよう。

（公爵様は酸っぱいものが苦手。うん、覚えた）

それからは、各々食べたいだけ食べ、残ったものはパンに挟んで持ち運ぶことにした。

ガルブレイス領まではまだまだ遠い。何度か休憩を挟む時に食べてもらおう。

ちなみに、衣揚げにしなかったザナスの半身は、ゼフさんとアンブリーさんが塩をまぶして氷漬けにしてくれた。ドラゴンも魚を食べるのだそうだけれど、ゼフさん曰く「あいつらは有り難みもなくペロッとひと口だからせっかくのザナスがもったいない」らしい。

「助かったよ、ベイガード」

朝食の後、急いで後片付けと荷造りを済ませた私たちは、ガルブレイス領に向けて再び出発することになった。来た時と同じように、ミュランさんがリッテルド砦《とりで》の騎士に代表で挨拶をする。公爵様と私、それにミュランさん以外の騎士たちは既にドラゴンに騎乗していて、後は飛び立つばかりだ。

兜《かぶと》に立派な飾り羽根をつけた騎士が、ミュランさんの差し出した手を摑《つか》んで握手をする。昨日もそうだったので、きっとこの騎士が砦の代表なのだろう。

「気をつけろよ。お前のところは今の季節が一番危険なんだからな」

「閣下の防衛線があるからまだ大丈夫さ。飛んでくる奴は魔法で撃ち落とせるし」

「まったく、ガルブレイスの奴らは逞《たくま》しいな！　じゃあな、ミュラン。旅が無事であるよう祈っておこう」

「ありがとう、また何かあったらよろしく！」

ミュランさんがキリッと騎士の礼をすると、リッテルド砦の騎士たちも騎士の礼を返してくれる。踵《きびす》を返したミュランさんがドラゴンに騎乗すると、公爵様が手を上げてドラゴンたちがゆっくりと羽ばたき始めた。

公爵様は慣れた仕草で私の腰に腕を回し、昨日と同じように抱え込んでくれる。私も慣れてしまったのか、自然な形で公爵様に体重を預けた。今日の公爵様も鎧《よろい》をつけていて、やっぱり少し硬い感触だ。

「メルフィ、休みたくなったらすぐに言ってくれ」

「しっかり英気を養いましたから、私は大丈夫です。公爵様こそ、昨日は一睡もなされていないのですよね……私もドラゴンを操れたらいいのですが、ごめんなさい」

「心配はない。俺にはこれがあるからな」

そう言って公爵様が懐からゴソゴソと取り出してきたのは、今朝のキャボだ。

「えっ、と。公爵様は、苦手でいらっしゃるのでは」

「嫌いではないぞ。目覚ましにちょうどいい」

「いえいえ、きちんと休みを取ってください！　私なら、ミュランさんやゼフさんに乗せてもらいますから」

「それは却下だ。なに、目覚ましも冗談だからな。お前が気に入っていたから、何個か持ってきたのだ」

プイッとそっぽを向いた公爵様は、私に三個のキャボを渡してくる。私は腰につけた鞄《かばん》の中にそれをしまうと、公爵様の優しさに甘えることにした。

ガルブレイス領での公爵様は、どんな暮らしをしているのだろう。人より多い魔力に一晩寝なくても大丈夫な身体。それに並の騎士では習得できない剣技まで。既に二十名くらいのガルブレイスの騎士と会ったけれど、その全員が公爵様を慕い敬っている。まるで、公爵様を中心とした大きな家族のような温かさを感じた私は、公爵領に住む人々のことにも俄然《がぜん》興味が湧いてきた。

「公爵様。ガルブレイス領には、どのような町や村があるのですか？」

「元々あった町や村は大小併せて三十くらいだったのだがな。十七年前から徐々に減り始め、今は十二の町村しかなくなってしまった」

「大干ばつと大飢饉《だいききん》ですね」

元々人口の少ないマーシャルレイド領でも大変だったのだ。三十もの町や村があったガルブレイス領は、その半数以上の町村が失われてしまうほど大被害を受けてしまったらしい。公爵様は憂いを帯びた顔になると、私の髪を撫《な》で始めた。

「ガルブレイス領では、あの時の出来事を『厄災』と呼んでいる。その厄災によって前ガルブレイス公爵が急逝し、次の公爵に俺が選ばれた」

「『厄災』とは、大干ばつに大飢饉だけではなかったのですか⁉」

前公爵様が、飢餓により他界するなど有り得るだろうか。何か病気か、不慮の事故でもない限り、そんなことになるはずがない。

私はどうしても教えてほしくて、公爵様の手の上に自分の手を重ねる。これから二人で生きていくのだから、少しでも公爵様の役に立ちたいという思いがここに来てぐっと強くなった。

「エルゼニエ大森林の魔物が、例年にないくらい大発生したのだ。討伐しようにも追いつかず、大量の魔物が魔力を凝《こご》らせ……ついに魔毒に侵されて狂化した魔物が、ガルブレイス領を襲った」

「そんなっ⁉　私、そんなことがあったなんて知りませんでした」

「もちろん、前公爵がその使命を果たしたからな。ガルブレイスの騎士たちの多くが失われたが、その甲斐《かい》あって他領にエルゼニエ大森林の魔物の被害は及んでいない」

「他の領地の騎士たちは？　陛下に援軍を要請なさらなかったのですか？」

「ガルブレイス公爵とその騎士は国のために命を賭《と》すと誓約しているのだ。誰かがやらねばならず、俺はそれを自分で受け入れた。俺を慕ってくれている騎士たちも物好きな奴らだ」

私は、公爵様が背負っている責務のあまりの重さに絶句した。それでは、常に公爵様は死を覚悟なさっているということ？　当たり前のように、それを受け入れておられるということなの？

「それが王命であり、ガルブレイスの名を継ぐ者の宿命であり運命だ。命を賭して魔物と戦い、ラングディアス王国を守る。二度と厄災を起こしてはならないと、俺は散っていった騎士の命に誓っている」

公爵様が私の手を握ろうとして、そのまま拳を握ってしまった。見上げると、公爵様は微笑《ほほえ》んでいた。まるでそれが、どうしようもない運命を受け入れてしまっているように思えて、私はもう一度公爵様の手に自分の手を重ねる。

「嫌です、公爵様」

「メルフィ？」

「命を賭してなんて、そんな風に笑って言わないでください！」

公爵様の琥珀色《こはくいろ》の目が、真っ直《まっす》ぐに私を見つめる。

「私の母も、公爵様と同じように、まるで運命を受け入れたかのようにして死にました。私はそれでは嫌です。だから研究をして、私も、誰も、苦しまなくていいように研究を続けて」

最初は、領民を飢えから救うために。それから、領民でも安全に魔物食を得られるように。物体から魔力を吸い出す魔法陣は完成した。私の次なる研究は、生きた個体から魔力……いや、魔毒を吸い出すところにまで到達しようとしている。

「メルフィ、すまない。命を軽んじているわけではないのだ」

「公爵様を責めるつもりはありません。でも、公爵様……いえ、アリスティード様。私がここにいます。同じ運命ならば、私は貴方様と出会ったことを運命と呼びたい」

私は公爵様の拳を持ち上げると、その甲に唇を落とす。騎士ではないから、何の誓約にもならないかもしれないけれど。公爵様に誓いたい。

「私の研究は、あの魔法陣は、きっとお役に立ちます。実はまだ始めたばかりの研究があるんです。貴方様や、騎士たちが傷つかなくていいように、私、頑張って成果を出しますから」

だから、アリスティード様。私と一緒に生きることを考えてくださいませんか？

◆　◆　◆

真剣な顔で懇願するように俺の手を握ったメルフィエラに、俺はすぐに頷《うなず》くことができなかった。

「だからといって、お前を危険に晒《さら》すわけにはいかない。お前のことは俺が必ず守る」

「私も守りたいんです！」

そう言い切ったメルフィエラは、どこまでも真っ直ぐな目で見つめてくる。

「アリスティード様とはやり方が違いますけど、私だって皆を、貴方様を守りたい」

「メルフィ……」

「無理だと言わないでください。私は私らしくできることをやります。『ガルブレイス公爵夫人の一番の務めは、夫である公爵を労《ねぎら》い、癒すこと』だと、昨日そう仰《おっしゃ》ってくださったではないですか」

「だが俺は、お前が傷つくのは嫌だ」

そう答えるしかなかった俺に、メルフィエラは緑の宝石のような目を潤ませた。彼女は今にも泣きそうな顔になり、俺の手に頬を寄せる。

ガルブレイスの領地で共に生きていくと考えてくれたのは素直に嬉《うれ》しい。しかし俺には、「一緒に生きることを考える」という言葉を、どうやって受け入れていいのかわからなかった。

「泣かないでくれ、メルフィ」

「私は泣いてませんっ」

「すまない。お前を悲しませたくはないのだが、俺はずっとそれを当たり前だと思っていたのだ」

「死んでも仕方がないと、それを当たり前だなんて」

俺がこんな風に考えるようになったのは、俺の特殊な生い立ちが関係している。それを今ここで、メルフィエラに説明してもいいのだろうか。

俺は彼女を外套《がいとう》ですっぽりと包み込んで抱き寄せる。冷気は魔法で遮断しているはずなのに、その小さな身体《からだ》は小刻みに震えていた。彼女の目を見ないようにして、できるだけ優しく語りかける。

「メルフィ。ただの昔話だが、聞きたいか？」

「……どんな小さなことだっていいのです。アリスティード様のこと、聞かせてください」

本当は、メルフィエラにどう思われるのか、気になって気になって仕方がない。婚約したばかりだが、「失望されたくない」という気持ちが強く湧き上がってくる。情けない自分を知られたくないという思いと、すべてを知ってほしいという相反する思いが、俺の中でせめぎ合う。

「今さら変えられない過去だが、お前には、俺のことを知っていてほしい」

震える身体を寄せてきたメルフィエラは、小さくこくりと頷いた。ああ、お前がこうして寄り添ってくれるというのであれば、俺はその思いに応えたい。

「俺は、前ラングディアス国王陛下の次男としてこの世に生を受けた。兄は現国王陛下だ。今はもう、兄とは呼べぬがな」

現国王陛下マクシムは俺より六つ年上で、ラングディアスの血を色濃く受け継いでいる。濃い金髪に深い紫色の目は、第七代国王にして賢者マクシマス陛下と同じ色ということで、賢者の再来と言われていた。事実、陛下はとても聡明《そうめい》であり、在位八年目にして諸外国からも一目置かれているのだ。十七年前の大干ばつと大飢饉により衰えてしまった国力を、当時王太子だった陛下が立て直したのは有名な話だ。

「アリスティード様が、王子様？」

どうやら、メルフィエラはその話を知らなかったようだ。

「ははっ、今は臣下に降《くだ》っているから王子ではないぞ」

メルフィエラのふわふわした髪を撫でながら、俺は話を続ける。彼女の髪は、つい手が伸びてしまうくらいに手触りがいい。嫌がる素振りはないので、もう少し堪能させてもらうことにする。

「マクシム陛下は英明なお方だ。そんな優秀な陛下とは違い、俺は不器用であまり褒められた王子ではなかった。魔力が強すぎて制御できず、小さな頃はよく魔法を暴発させては王城を破壊していた」

生まれてからしばらくは、俺は身体が弱かったのだという。目に魔力が宿る『魔眼』持ちであることがわかった時には、王城は大変な騒ぎになったと聞いている。

大体において、『魔眼』を持つ者は魔力が強い。俺も御多分に洩《も》れず魔力が強く、内包する魔力量も、王城の魔法師たちを遥《はる》かに超えていた。父王は、そんな俺に優秀な魔法師たちをつけてくれたのだが、その魔法師たちが次々と音を上げていくぐらい不器用だったらしい。よく覚えていないのは、過剰な魔力により、身体の不調で療養を余儀なくされたからだ。

「体調もよく崩してな。魔力が安定しないことが原因で、高熱を出しては死にそうな目に遭ってきた……と乳母が言っていた」

「魔力が凝ってしまったのですか⁉　魔毒は、大丈夫だったのですよね？」

「幸い、王城の魔法師たちがいたからな。朦朧《もうろう》とした意識の中、なんでもいいから魔法を放てと言われ続けていたのは覚えている。まあ、それによって何度も城が壊れてしまったのだが」

「貴方様がご無事でよかった。『魔力の暴走』は本当に危険なのです。異常発熱が続けば、命を落としてしまうことだって」

メルフィエラの固い声に、俺は何かを悟った。昨日、俺の魔力の制御が利かなくなった時も、彼女は同じような声を出していた。

（メルフィ……お前はそれで誰か近しい者を亡くしたのだな？）

多分、運命を受け入れたようにして亡くなったという母親は、『魔力の暴走』が原因で亡くなったのだろう。彼女が自分から話してくれるまで、俺は待つ方がいいのか迷うところだ。

「俺の魔力発散方法は、ひたすら魔法を使うことだ。火力が強い魔法をただ無闇に撃ちまくるのはもったいないからな。魔物を屠《ほふ》るのはちょうどいいのだ」

メルフィエラを安心させるために、俺は彼女の小さな手を繋《つな》いで握る。彼女も握り返してくれたことに、俺の方が安心してしまった。

「魔法は王城の魔法師たちというより王国騎士団で習ったからか、少々荒っぽいのが玉《たま》に瑕《きず》と言われたりするがな」

俺が七歳になる頃、ようやく魔力に耐え得る体力がつき始めた時には、俺の居場所は王城から騎士団の詰所になっていた。理由は簡単、騎士団の演習場でしか魔法の練習ができなかったからだ。毎日のように魔法を暴発させ、魔法師たちだけではなく、王城勤めの文官たちや使用人から恐れられるようになっていた俺は、そこでケイオスに出会うことになった。

ケイオスは前国王騎士団東方隊長の息子だ。生意気盛りの俺たちは、最初の頃は喧嘩《けんか》ばかりしていた記憶がある。

「ケイオスさんとはそんなに小さな頃からの付き合いだったのですね。私、お二方の間に強い絆《きずな》を感じたんです」

「そうか？　あいつは俺より二歳年上だからといって、すぐに兄貴風を吹かせてくるのだぞ？」

「ふふふ、そうなのですね。私にはそんな関係の人がいないので、少し羨ましいです」

確かに、ケイオスは口煩《くちうるさ》いが、俺に忠誠を誓ってくれた初めての騎士だ。父親の跡を継いで王国騎士団に入ることもできたというのに、ガルブレイスまでついてきてくれた信頼のおける相方だった。俺が十歳、あいつが十二歳の時だから、俺はあいつの決断力には今でも感服している。

「寒くはないか？」

「いいえ、とても暖かいです」

「そうか……まだ、聞きたいか？　ここからの話は、あまりいい話でもない」

「十七年前のことですね。聞かせていただきたくはありますが、その話は、国の秘密のようなものではないのですか？」

メルフィエラは心配そうに俺を見上げてきた。その目にはもう涙は溜《た》まっていないが、それでも不安げな顔はそのままだ。

「お前であれば大丈夫だ。メルフィ、お前への求婚は、きちんと貴族のしきたりに則《のっと》って行われている。陛下もご承知の上で、この婚約は成立した」

「短期間の間にそこまで……アリスティード様、私は果報者でございます」

「俺自身も驚いているのだ。誰かと婚姻を結ぶつもりなどなかったはずが、お前と出会った途端に覆《くつがえ》ってしまったのだからな」

本当に不思議なものだ。俺は今まで婚約など申し入れたことはなく、申し入れがあったこともない。普通の貴族たちがどうやって婚姻に至っているのか知らないが、他の者たちも同じような境地に直面しているのだろうか。わからない。わからないが、メルフィエラとの婚約は、自分にとって正しいことだという気持ちの方が大きかった。

俺の話は続いていく。十七年前の厄災のこと。前ガルブレイス公爵が重傷を負い、命が長くないと言われたこと。内乱が勃発しないように、前国王陛下と当時の宰相とガルブレイスの間である取り決めがなされたこと。

メルフィエラは、淡々と語る俺を時に優しく、時に慰めるかのように抱き締めてくれた。魔力が強く地位もある俺を次期ガルブレイス公爵にして兄の臣下に降ることで、継承者問題に発展させないように牽制《けんせい》する形を取ったことを知った彼女は、自分のことのように憤慨してくれた。

全領土を襲った大干ばつによる大飢饉で国は弱体化していたから、下手すると暴走しそうな貴族たちを抑えるには他に方法がなかったのだ。正直、国には魔物の狂化により大被害を被ったガルブレイス領に割く人員はなかった。それは何もガルブレイス領だけの話ではなく、メルフィエラの故郷マーシャルレイド領も、その他の領地も、すべてが疲弊していた。

貴族の中には、俺を利用して他国を攻めるという究極論を提唱する者まで出てきた。魔眼持ちの王子である俺を立太子させ、旗頭にして戦争を仕掛けて領土を増やすというものだ。平時であれば血迷いごとと一蹴される暴論も、この時ばかりは支持された。現に、戦争提唱派と穏健派の間では、内紛が勃発していたのだから。それくらい、皆が極限の状態にあった。長い間平和だったラングディアス王国は、平和であったが故に、有事に対する耐性を失っていた。

「そんな時、ケイオスの父親が領地同士のいざこざで命を落とした。いざこざの理由が、水と食糧の奪い合いだ。俺は即兄の元に行ったさ。『自分がガルブレイス公爵の名を継ぐから、兄さんは国王になって二度とこんな悲劇を起こさないでくれ』と無理難題を振りかざしてな」

「アリスティード様はまだ子供でいらっしゃったのに、そんなことを言わせるだなんて」

「陛下にも同じことを言われたな。それでも、俺が選んだ道だ。陛下と色々考えて、『ガルブレイス公爵』が担う役目も明文化したのだぞ?」

ガルブレイス公爵の役目は何も魔物を討伐することだけではない。騎士たちのためにきちんとした保証制度も作り上げた。ガルブレイス公爵家に仕える騎士たちは、五年間勤め上げると王国騎士団に入る資格を得られるようになっている。特に功績のあった騎士には、推薦状を出すことになっていた。これは国の戦力の拡充を図る目的もあり、すでに多くのガルブレイス出身の騎士たちが王国騎士団に在籍している。

ちなみに、リッテルド砦の騎士ベイガードもガルブレイス出身だ。奴はミュランと同期で、ガルブレイスに残ったミュランに対し、ベイガードは王国騎士の道を選んだというわけだ。

それに、魔物から得た資源は国に高額で買い取ってもらえ(何せエルゼニエ大森林の魔物は希少な資源をたんまり持っているからな)、その売り上げでガルブレイス領の支出を賄うことが可能になった。陛下と俺が実の兄弟という間柄だからこそ実現したのかもしれないが、前公爵時代までの『名誉』だけで食べていけるならば、最初から争いなど起きない。人の世は世知辛いのだ。

メルフィエラには少々難しい話かと思っていたが、彼女は俺の話を正しく受け止めてくれたようだ。「ガルブレイス領だからこその仕組みですね。マーシャルレイド領ではとてもできそうにはありません」という感想だった。確かにガルブレイス領は特殊な環境なので、他領に適用できるかと言われたら難しいだろう。

「だから、我々は魔物を狩り続けるのだ。それが国を守ることに繋がる。そして、万が一にでも再び厄災にみまわれることになろうものならば」

「それを受け入れて命を賭けるのではなく、厄災そのものをなんとかする道を考えましょう」

メルフィエラは、俺の話を遮ってはっきりと告げた。俺は不意打ちを受けて言葉に詰まる。

（厄災そのものを、なんとかする？）

「魔物はどんどん増えます。狩り続けることにも限りがあります」

「だが、誰かがやらねば」

「アリスティード様を犠牲にしてですか？　私は嫌です。そんなこと、却下です」

メルフィエラが、自分の革手袋を外す。それから、俺の革手袋も同じように外して素手になると、労わるように優しく撫でた。俺の傷だらけの手を、とても愛《いと》おしいもののように。よく見ると、メルフィエラの白い手にも小さな傷が幾つもついている。

「私の新しい研究です。狂化した魔物の魔毒を吸い出す方法が確立したら、命を賭けることはしなくてもいいですよね？」

理想論だと喉まで出かかった。

そんな方法があるのであれば、とうの昔に実践されている、と。

だが、メルフィエラの透き通った目を見ていると、それが実現するような気になってくるから不思議だ。付け加えるように「それに、魔毒を吸い出せたら、狂化した魔物だって美味しくいただけるかもしれませんし」と続けた彼女だったが、俺にはそれが照れ隠しのように思えて、思わず彼女の額に口付けをしてしまったのは悪くないと思いたい。

「アアアアッ、アリスティード様っ⁉」

「お前からこんなにも熱い想いをもらったのだ。抑えられるわけがないだろう？」

「も、もうっ、私は真面目に」

「俺も真面目に考えるさ……メルフィエラ、お前と一緒に生きる意味を」

顔を真っ赤にして俯《うつむ》いてしまったメルフィエラのつむじが見える。「揶揄《からか》わないでください！」と怒ったような声を出しているが、耳が赤くなっていて台無しだ。俺の婚約者殿はどうしてこう、反応が可愛《かわい》いのか。

隊列を組んだ騎竜たちが、帰巣本能に従ってガルブレイス領を目指す。もうすぐ、秋真っ盛りの領地が見えてくるはずだ。俺たちが、エルゼニエ大森林の魔物たちの歓迎を受けるまで、あと少し。

無事にメルフィエラ様への妻問いが成立した翌日。

研究棟に宿泊していた（騎竜から離れられないので、本邸に寝泊まりすることは辞退した）私たちは、メルフィエラ様から研究資料を見せていただいていた。

応接間に、炒《い》った木の実の香ばしい匂いが充満する。陽《ひ》が陰って冷え込んできたので、メルフィエラ様が暖を取るための温かい茶を準備してくださったのだ。なんでも、『ゴノリ』という魔樹から採れる木の実を炒り、濃く煮出したものらしい。水色は茶色をしていて、シェークルの甘い樹液を入れて飲むと美味《おい》しいのだそうだ（ちなみにシェークルの樹液はマーシャルレイドの特産品である）。

「出来上がりました。ケイオスさん、どうぞお召し上がりください。癖のある味ではないので、万人向けだと思うのですけれど」

建前上毒見が必要なため、まずは私からいただくことにする。恨めしそうな目で私を見てくる閣下のことは、この際無視しておかなければならない。

「それではいただきます……ああ、とても香ばしくて、私の好きな香りがします」

お世辞抜きに、ゴノリ茶の香りは素晴らしいものだ。樹液を入れずにひと口飲んでみたが、苦味や渋味もなく、癖のない香ばしい味であった。半分くらい飲んだところで樹液を入れると、水色が劇的に変化する。

「これは……」

「ふふっ、驚きました？　ゴノリ茶が樹液に反応して、琥珀色《こはくいろ》になるのです。不思議ですよね」

見た目は琥珀色でも、基本的な味は変わらないようだ。ほんのりとした甘味が身体《からだ》を芯から温めてくれる。

「どうせなら魔物食を楽しみたい」という閣下の要望を、メルフィエラ様は快く受け入れてくださった。秋の遊宴会で王都に訪れる際に、保管していた魔物食は全て片付けてきたと仰《おっしゃ》っておられたというのに。

私は、部屋の隅に陣取るマーシャルレイドの騎士をチラリと見る。クロードという名前のマーシャルレイドの騎士長は、無表情で佇《たたず》んでいた。茶色の髪を短く刈り、青い目は真《ま》っ直《す》ぐ前を向いている。その凛々《りり》しく太い眉の左側には、縦に剣傷が走っていた。強面《こわもて》の、いかにも厳しそうな見た目と同じように、性格も厳格そうだ。メルフィエラ様は、ゴノリの実をこの騎士長に頼んで採取してきてもらったと仰っていた。

私が騎士長に目を向けたことに気づいたメルフィエラ様が、騎士長にもゴノリ茶を勧める。

「クロード騎士長もいかがですか？」

「いえ、私は」

「そうですか……」

「職務がありますので、今は失礼します」

騎士長に断られ、メルフィエラ様が少し寂しそうな顔を見せた途端に、閣下がゴノリ茶を所望する。

「メルフィエラ、私も早く飲んでみたい」

どうやら騎士長を意識しておられるようだ。

「は、はいっ！　もう少しお待ちください。ケイオスさん、大丈夫でしたか？」

「ええ、とてもいいお茶でした。私は樹液を入れなくても十分に美味《おい》しいと思います」

笑顔を取り戻したメルフィエラ様が、閣下のためにゴノリ茶を入れていく。

「公爵様は濃いのと薄いのと、どちらになさいますか？」

「この香ばしい匂いからして濃い方がいいな」

「では、実の量を増やしますね」

ゼスティ陶器と呼ばれる白い茶器に、濃い茶色のゴノリ茶が注がれると、閣下が興味津々といった顔で覗《のぞ》き込んだ。

「この魔樹は、どのような見た目なのだ？」

「私の腰のあたりまでの高さにしかならない低木なのですが、筒状の枝に小さな黄色の花を並んで咲かせます。実は筒状の枝の中で育つのです。そして実が熟したら、生き物に向けて実を発射させるんです」

「なるほどな。実を生物に寄生させるのか。いかにもな魔樹だな」

閣下はまず香りを嗅ぎ、茶器に口をつける。

「ほう、これは飲みやすいな！　美味《うま》いぞ、メルフィエラ」

ひと口飲んだ閣下が、ワクワクとした様子でシェークルの樹液を入れる。見る見るうちに水色が琥珀色になっていくのを、子供のように目を輝かせて見つめていた。

（まったく、閣下ときたら……）

元来、閣下は好奇心が旺盛であられるお方だ。特に魔物のことになると、私があきれるくらいにのめり込まれる。

実は、秋の遊宴会で仕留めたバックホーンの首を、閣下はメルフィエラ様に贈るつもりでおられたらしい。後からそう伺った時は、私は廃棄処分にして正解だったと心底思ったものだ（メルフィエラ様はメルフィエラ様で、バックホーンの首を欲しそうに眺めておられたので、それもいかがなものかとは思ったが）。

「美味いな、ゴノリ茶は。うむ、甘い方が好きだ」

「私も甘い方が好きです。ゴノリには身体を温める成分があるので、寒い日にはぴったりの飲み物なのですよ」

「寒冷地ならでは……というよりは、お前ならではの冬の味だな」

閣下はゴノリ茶を飲み干すと、メルフィエラ様の研究資料に目を移す。

「ゴノリもだが、この『ボンブルール』という魔樹もエルゼニエ大森林にはない種類だ。根を踏むと地面から尖《とが》った枝を出して獲物を捕らえる、か。えげつないな」

「慣れたら踏んではいけない場所がわかるようになりますよ？　寒冷地でも標高が高いところでしかお目にかかれませんから、私も一度しか口にしてないのですけど。その時は、若芽をさっと茹《ゆ》でて、熱々の溶かしたラーズと一緒にいただきました」

「美味かったのか？」

「はい、とっても！　しゃくしゃくとしていて、やみつきになる歯応えでした。公爵様、頁《ページ》の端を見てください。ここの星の数が多ければ多いほど、美味しい魔物というわけです」

「なるほど、ボンブルールは星が四つか。最高は何個だ？」

「星七つです。ロワイヤムードラーはもちろん星七つですね！」


火を入れた暖炉の前で、閣下とメルフィエラ様はふかふかの毛皮の上に仲良く並んで座っておられた。マーシャルレイド領では、寒い冬の間はこうして家族と過ごすらしい。

ゴノリ茶を飲みながらお二人が夢中になって目を通しているのは、メルフィエラ様が今まで食してきた魔物の資料だ。

（それにしても、この膨大な研究資料をここまでまとめ上げるとは）

私もお二人の邪魔にならないように、少し離れた場所で資料に目を通す。圧倒されるほどの質と量に、私は舌を巻いた。

メルフィエラ様は七歳で母親をお亡くしになってから、ほぼお一人で研究を続けていたのだという。マーシャルレイドの魔法師から魔法の基礎知識は学ばれたものの、彼女の母親が使用していたという『古代魔法』については、誰も知らなかったからだ。

かくいう私も、古代魔法についての知識はない。閣下のように常に魔力を消費しなければならない事情もなく、構築から発動までを瞬時に行える現在の『魔法』の方が使い勝手がいい。

「おおっ！　こいつならガルブレイスにも棲息《せいそく》しているぞ」

「ジェッツビットですね。スカッツビットと似た種類ですから、干し肉にするか煮込みにするといいですよ」

「断然干し肉だ！　スカッツビットはそこにいる誰かにほぼ奪われてしまったからな」

視線を感じて顔を上げると、閣下がジトッとした目でこちらを見ていた。何度となくあのこ、と、を蒸し返してくる閣下に、私は「食べ物の恨みは恐ろしい」という、いにしえから伝わる格言を思い出す。確かにメルフィエラ様からいただいたスカッツビットの干し肉は、事務仕事に集中している時や小腹が空《す》いた時には最高だ。

（あの、ピリッとした塩味がたまらないんですよね）

実は、閣下から強引に取り上げた干し肉は、私の執務室で保存されていた。成分の分析に少しだけ使用した後は、惜しみつつちまちまと食べているのである……主に私が。

『魔物の肉』は、ガルブレイスの騎士たちなら一度は口にしたことがあるだろう。長期討伐の際には、準備していた食糧がなくなれば仕方なく狩って食べるのだ。なるべく見た目が美味しそうな魔樹の果実や、牛や豚に似た魔獣を選んでも、腹が痛くなったり、発熱したりと少々危険を伴うことがしばしばだ。胃袋まで鍛えられたガルブレイスの騎士だからこそ、多少の体調不良で済んでいるが、普通の者であれば寝込んでしまうだろう。

だからメルフィエラ様が、スカッツビットのものだという干し肉を差し出してこられた時、私はかなり警戒してしまった。『悪食令嬢』の噂《うわさ》は知っていたが、どのようにして魔物を食べるのか、まったく知らなかったからだ。今思えば、もう少し失礼にならない断り方があったのではと後悔している。

「それにしても、この魔法陣は複雑だな。一体いくつの魔法陣を組み合わせてあるのだ？」

閣下が、メルフィエラ様が描かれた魔法陣の資料をめくりながら、感心したような唸《うな》り声をあげる。

「えっと、まずは私の魔力とこの魔法陣を繋《つな》ぐための魔法陣がこれで、それからこれは魔力を固定するもので、こっちは魔物の魔力に反応して発動するようになっていて、それからやっと曇水晶が魔力を吸い出し始めるのです。一気に吸い込むのは危険ですから、吸い出した魔力を魔法陣の上に留《とど》める魔法陣を周りにいくつかちりばめて……あっ、これは吸い出す速度を調整する魔法陣になります。それと……」

ただ聞いているだけでは、私の頭では処理しきれない情報量だった。メルフィエラ様はこともなげにひとつひとつ説明なさっていくが、正確に理解できるのは閣下くらいのものだろう。大きな丸い魔法陣の中に、たくさんの魔法陣があり、それら全ての魔法陣を発動することができるメルフィエラ様は、閣下と同等の魔力を保有しておられるに違いない。

（幼い頃から研究に打ち込んでいたといいますから、魔力が過剰に溜《た》まる前に発散されているのでしょうか？）

私はそこでふと、メルフィエラ様も『魔力の暴走』の危険があるのではと思い至る。

生まれつき膨大な量の魔力を生み出し続けている閣下は、幼少の頃より内包魔力量過多のせいで身体を壊しては死にそうな目に遭われてきた。現在はエルゼニエ大森林で魔力を発散することができるが、子供の頃に私が初めて閣下と出会った時は、痩せぎすでひょろひょろの身体だった記憶がある。ひと目見て『不健康』だとわかるくらい、ほとんど生気を感じられなかったあの頃の閣下を知っている私からすると、今こうしてメルフィエラ様と楽しそうに過ごされていることが奇跡のようにも思えてくる。

「あの……ご歓談中に申し訳ありません。メルフィエラ様、つかぬことをお伺いしてもよろしいでしょうか？」

私が口を挟むと、閣下はムスッとした顔になった。邪魔をするつもりではないのだが、確認しておくべきだろう。

「はい、なんなりと。ケイオスさんも、魔法陣に興味があるのですか？」

閣下とは違い、メルフィエラ様はふんわりとした笑顔で私を見上げてくる。どうやら閣下はこの笑顔にやられたらしいのだが、まあわかる気がする。魔獣を屠《ほふ》ったばかりの血塗《ちまみ》れになった閣下を前に、こうも眩《まぶ》しい笑顔を浮かべることがおできになるご令嬢など、私はメルフィエラ様以外に知らないのだから。

閣下が、『狂血公爵』と呼ばれるようになったのはいつのことだろう。閣下が成人され、社交界に出た頃には、貴族たちはあからさまに閣下を避けるようになっていた。臣下に降《くだ》ったとはいえ、閣下は現国王陛下の弟君だ。野心溢《あふ》れる者たちから縁談のひとつやふたつくらい来てもいいはずが、私が知る限りまったくない。

元々、代々ガルブレイス公爵に奉ずる者は、野蛮だと蔑まれ、社交界では不遇の扱いを受けてきたという経緯がある。それに加えて、閣下のお使いになるえげつない魔法と、その巧みな剣技と、そして己に課した役割以外に無頓着な様が、血に飢えた残虐な公爵像を作りあげてしまったためだろうか。気の弱い令嬢たちは、閣下の噂話だけで怯《おび》え、姿を見れば悲鳴をあげて逃げていく。

私はメルフィエラ様を真っ直ぐに見た。

「ええ、魔法陣のみならず、メルフィエラ様の研究はガルブレイスにとって大変有益なものばかりでございますから。ところでメルフィエラ様は、魔力過多……人より魔力が多いと言われたことはございますか？」

「私の魔力量ですか？」

首を傾《かし》げたメルフィエラ様に対して、閣下は私の質問の意図を読み取り、少し顔を引き締める。

「マーシャルレイドの魔法師たちからは、特に変わったことは聞いていませんね。あっ、魔物から吸い取った魔力はきちんと曇水晶に収めますから、私自身に蓄積されることはありませんし、心配いりませんよ？」

そう言って、幾つか置いてあった空の曇水晶を私に差し出してきた。それは、マーシャルレイドの伝統工芸品を利用して作られた、何の変哲もない曇水晶の球体だ。普通はこの曇水晶に魔法で明かりを灯し、照明器具として使用する。しかし、これは中身が綺麗《きれい》にくりぬかれていて、吸口のようなものが二つ付いていていた。

「曇水晶自体には魔法陣は刻んでいないのですね」

「ええ、それはただの魔力の受け皿です。魔力は血と一緒に吸い出すので、一年くらいは持つと思います」

メルフィエラ様は、とても些細《ささい》なことであるかのように説明なされるが、魔物から吸い出した魔力を一年もの間この小さな曇水晶で保管できるなど私は聞いたこともない。

「メルフィエラ、こちらを向いてみろ」

「公爵様？」

閣下が私にだけわかるように合図を出してこられたので、この話はここで打ち切りだ。メルフィエラ様は、自分が成し遂げた偉業をまったく自覚なされていないことがはっきりした。マーシャルレイドの騎士長も苦虫を嚙《か》み潰《つぶ》したような顔をしていることから、このまま話題にするのは憚《はばか》られた。

すると、話題を変えるためか、閣下がメルフィエラ様の髪を一房すくい上げる。

「今日、魔法陣を発動させる時に、お前の髪が真っ赤に輝いていたのだが、お前は髪に魔力を宿すのか？」

「な、何故《なぜ》か呪文に反応してしまうのです。普通にしていても目立つのに、恥ずかしい……」

「恥ずべきものではない。お前の髪は美しい」

曇水晶を元の場所に戻した私は、何やら目の前で戯れ始めた閣下に溜《た》め息《いき》をつく。

ようやく女性に興味を持たれたと思ったら、意外や意外、中々に積極的である。閣下は着飾って黙っていれば、容姿端麗でかつ偉丈夫でいらっしゃる（不愛想で目つきが悪いのは、ガルブレイスでの過酷な生活ゆえであるため致し方ない）。ただし、特殊な生い立ちと性格により、肝心な時には恋を覚えたての少年以下に成り下がってしまうという、非常に難儀なお方だったりするが。

（まあ、メルフィエラ様の反応も悪くはないですし、類友同士、ゆっくり仲を育んでいただきましょう）

閣下がゆっくりとした動作で、メルフィエラ様の髪に唇をお寄せになる。私はといえば、お二人の関係が良好なことについては喜ばしいことなので、見ないふりをして生暖かく見守っていく決意を固めたところで……。

「んんんんっ！」


何やら無粋な邪魔が入った。

わざとらしい咳払《せきばら》いの主は、部屋の隅にいるマーシャルレイドのクロード騎士長だ。いい雰囲気を醸し出していたメルフィエラ様は、恥ずかしそうにして頬を赤く染めながら、「茶器を片付けてきます！」と言い残して立ち上がる。一方、出鼻を挫《くじ》かれた閣下は、ギリリと歯を食いしばり、騎士長を横目でギロリと睨《にら》みつけた。

「ちっ！」

「ふん」

閣下の琥珀色の目が瞬時に金色に染まる。騎士長も負けてはおらず、顎を上げて閣下の魔眼を物ともせずに見返した。ちなみに、「ちっ！」と舌打ちをしたのが閣下で、「ふん」と鼻を鳴らしたのが騎士長だ。

（ふむ……ここの騎士長も、なかなかに豪胆な人物のようですね）

閣下に向かって鼻を鳴らすとは、普通の者であればできないし、まずやらない。それに、魔眼を発動させた閣下の目を直接見たりしない。しかしメルフィエラ様には侍女がついておらず、今夜はマーシャルレイドの騎士たちがお目付役を任されているようだ。少々不躾《ぶしつけ》ではあるが、騎士長としてその任を立派に果たしているといえよう。

「閣下」

「なんだ」

「今のは閣下がお悪いかと。婚約が成立したとはいえ、まだ早いと思います」

「ケイオス、お前はどちらの味方なのだ！」

私からも咎《とが》められた閣下が、今度は私に向かって魔眼を発動させる。ギンギンに輝く金眼に圧倒されそうになるが、私もガルブレイス公爵の補佐官としての矜持《きょうじ》から引くわけにはいかない。

「私は閣下のお味方ですよ。それと、未来の公爵夫人のお味方でもあります。下手にぐいぐい押しすぎた結果、引かれて困るのは閣下かと」

「ぐっ」

「それにここは、マーシャルレイド領ですので」

「……わかった」

ムッとしながらも魔眼をおさめた閣下が、盛大な溜め息をつく。クロード騎士長も閣下から目を離して、再び真っ直ぐに前を向いて佇んだ。

「お待たせ致しました……？　あの、どうかなさいましたか？」

茶器を使用人に預けて戻ってこられたメルフィエラ様が、私たちの間に漂う微妙な空気に首を傾げる。その顔を見た閣下が、今しがたの不機嫌さが嘘《うそ》のように爽《そう》やかな笑《え》みを浮かべる。

「なんでもない。そうだ、メルフィエラ」

「はい、公爵様」

「マーシャルレイドはまもなく冬本番だろう。私は、お前に早くガルブレイスに慣れてほしいと思っている。どうだ、長い冬の間、ガルブレイスに滞在したくはないか？」

「ゴホッ！」

閣下の口から出た爆弾発言に、クロード騎士長が今度は本当に咳き込んだ。かくいう私も、ぱかりと口が開いてしまった。

「よろしいのですか⁉　ガルブレイスのお城やまだ見ぬエルゼニエ大森林を、春を待たずに見ることができるなんて！」

「ガルブレイスは秋の真《ま》っ只中《ただなか》だからな。まだまだ旬の魔物がゴロゴロいるぞ」

「まあ、旬の魔物！」

戸惑う私と騎士長を置き去りにして、閣下とメルフィエラ様の間で話がどんどんと進んでいく。

私は気を取り直すと、咎めるような視線を向けてきた騎士長に対し、首を横に振った。

（閣下がやる気になられたら、もはや誰にも止められませんからね）

しかもそのお相手は、ご婚約したばかりの類友……ご令嬢だ。冬を通り越してすっかり春めいた頭をしている閣下は、私がどんなに反対しようとメルフィエラ様をガルブレイスにお連れになるだろう。

（マーシャルレイド伯が納得してくれる理由を考えなければ……）

私はメルフィエラ様の研究資料を閉じると、メルフィエラ様をガルブレイスに迎え入れるまでの最短日数を弾《はじ》き出す。ガルブレイスが冬に入るまでひと月半あまり。なんとか最低限の準備ができそうな期間である。

（これから忙しくなりそうですね）

私の胸は不思議と高鳴っていた。

このご縁が、魔物が跋扈《ばっこ》する過酷なガルブレイス領に、良い風を吹かせてくれるのではないか。可憐《かれん》な乙女の姿をした春の女神《メルフィエラ様》が、日々魔物を屠ることに命を費やす閣下に幸運をもたらしてくれることを、願わずにはいられない。

「えっ、夏にはドレアムヴァンテールが山から降りてくるのですか⁉」

「あいつらは食欲旺盛だからな。人里にまで手を出してくる恐れがある場合、先手を打って山に戻すのだ。さすがにあれを狩るのはひと苦労だからな。だが、精鋭たちで討伐隊を組めば、ひと月くらいで仕留めることが可能かもしれん」

「どうしましょう。ドキドキが止まらなくなりそうです」

メルフィエラ様はとても嬉《うれ》しそうだ。女性の興味を引く話題に魔物を選ぶ閣下も大概であるが、まんまと反応するあたり、メルフィエラ様も普通のご令嬢ではない。

(前言撤回、この婚約、本当に大丈夫でしょうか)

私の心情など露知らず、魔物談義に花を咲かせるお二人は、心ゆくまで語り尽くされたのだった。


――


この後、たったの十日間ほどでメルフィエラ様をガルブレイスにお連れすることになったのだが迎え入れる準備に追われていた私に、物見塔の騎士から伝令蜂が届いた。赤く光る蜂は、緊急事態の証《あかし》だ。私は急いで伝令を聞く。

「なんですって⁉ 閣下たちが、ベルゲニオンの群れに追われていると……炎鷲《ほむらわし》部隊と共に私が出ます、至急準備を！」

メルフィエラ様をお迎えするその日に、まさかあんなことが起きようとは、さすがの私でも予測することはできなかったのである。

作者の星彼方です。

この度は、『悪食令嬢と狂血公爵～その魔物、私が美味しくいただきます！～』をお読みいただきありがとうございます！

誠に光栄なことに、Kラノベブックスf様の創刊を飾らせていただきました。私「創刊、なんですね⁉」編集様「創刊、ですよ……！」というやり取りの後、血圧が一気に上がりました。

本作の主人公であるメルフィエラは、「どんな状況でも強く生きる女性を描く」というレーベルコンセプトにもあるように、確固たる信念と逆境に負けない強さを持っています。

伯爵令嬢メルフィエラは、厳しい北の領地で暮らす領民のために、『魔物』を美味しく安全に食べる研究を重ねていました。いつしか付いたあだ名は『悪食令嬢』。悪意ある噂のせいで、年頃を過ぎても婚約すら整っていませんでした。

一方、魔物が涌いて出てくる領地を治める公爵アリスティードは、国民のため、それこそが自分に与えられた唯一の責務とばかりに魔物を屠り続ける日々を送っていました。その血に塗れた姿から付いたあだ名は『狂血公爵』。彼もまた、心ない噂により社交界で恐れられていました。

そんな二人が、豊穣を祝う遊宴会で出逢うことになります。狂化した魔物が乱入してくるという、緊急事態のその現場において――。

主人公たちを取り巻く環境と、美味しい魔物料理、そしてメルフィエラとアリスティードの恋愛模様。「読んだ後に元気が出る物語」を、コミカライズと併せてお楽しみいただけると幸いです！

書籍化とコミカライズのお話をいただいたのは、新型コロナウイルスのニュースが初めて報じられた直後でした。未曾有の事態の中、様変わりした生活の合間に少しずつ作業を進めていき、様々な方の手を借りながら刊行まで漕ぎ着くことができた次第です。

担当編集K様。私の欲にまみれた願望を叶えてくれる夢のようなお方です（そしてグルメ）。細やかなお気遣いにより、ささくれだった私の心は随分と癒されました。いつもありがとうございます！

小説版のイラストとキャラクターデザイン担当のペペロン様。イラストが仕上がってくる度に熱苦しいコメントを編集K様に送っていたのですが、そのまま先生の元に届いていたと知った時には恥ずかしさのあまりのたうち回りました。全部好きですが魔物のデザインが特に好きです！

コミカライズ担当の水辺チカ様。ネームをいただいた時、漠然としたイメージだった世界が一気に色付きました。キャラクターたちが生き生きと動き出すので、このシーンはこういう感じだったんだ！　と新たに気づくことが多々あります。これからもよろしくお願いします！

他にも、書籍化・コミカライズにあたり奔走し、支えてくださった出版社をはじめとする関係各位の皆様。お力添えありがとうございます。

そして最後に、いつも応援してくださる読者の皆様、新たに興味を持ってくださった皆様、叱咤激励してくれる戦友、世に溢れる美味しいものに感謝の気持ちを込めて。

本当にありがとうございます！

星　彼方

Kラノベブックスf

悪食令嬢《あくじきれいじょう》と狂血公爵《きょうけつこうしゃく》
～その魔物《まもの》、私《わたし》が美味《おい》しくいただきます！～

星彼方《ほしかなた》

2021年3月31日第1刷発行
2023年6月12日第2刷発行

発行者　森田浩章
発行所　株式会社 講談社
〒112-8001　東京都文京区音羽2-12-21
電　話　出版　(03)5395-3715
販売　(03)5395-3608
業務　(03)5395-3603
デザイン　ムシカゴグラフィクス
本文データ制作　講談社デジタル製作
印刷所　株式会社KPSプロダクツ
製本所　株式会社フォーネット社

KODANSHA

ISBN978-4-06-522500-4　N.D.C.913　291p　19cm
定価はカバーに表示してあります

ファンレター、
作品のご感想を
お待ちしています。

あて先　〒112-8001　東京都文京区音羽2-12-21
(株) 講談社　ラノベ文庫編集部 気付
「星彼方先生」係
「ぺペロン先生」係

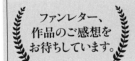